Apenas por uma noite

J. S. Cooper

Apenas por uma noite

Tradução:
Mariana Moura

HarperCollins *Brasil*
Rio de Janeiro, 2016

Título original: One Night Stand

Contatos:
Rua Nova Jerusalém, 345 — Bonsucesso — 21042-235
Rio de Janeiro — RJ — Brasil
Tel.: (21) 3882-8200 — Fax: (21) 3882-8212/831

CIP-Brasil. Catalogação na Publicação
Sindicato Nacional dos Editores de Livros, RJ

C785a

Cooper, J. S.
Apenas por uma noite / J. S. Cooper ; tradução Mariana Moura. - 1. ed. - Rio de Janeiro: HarperCollins Brasil, 2016.
192 p. ; 23 cm

Tradução de: One night stand
ISBN 978.85.2203.232-7

1. Romance inglês. I. Moura, Mariana. II. Cooper, Helen. III. Título.

16-30318 CDD: 823
CDU: 821.111-3

A noite:

O QUE ACONTECEU

Prólogo

"Você ainda pode me chamar de sr. Língua se quiser."

Ele sorriu para mim e lambeu os lábios, a ponta da língua deslizando para frente e para trás, lembrando-me da noite que passamos juntos. A noite pecaminosa que nunca vou esquecer. Só que ele não deveria estar aqui. Na casa dos meus pais. Sentado no meu sofá. No sofá em que eu vi TV por anos a fio. Ele não deveria estar conversando com meus pais. Ele não deveria estar tão sexy. E eu nem sei o nome dele.

Noites casuais deveriam ser divertidas, excitantes. Deveriam ser aventuras sexuais que você não leva para casa. Eu não me considero uma mulher fácil ou uma vagabunda. Quer dizer, tenho certos critérios em relação aos caras com quem quero sair e namorar. Tenho até uma lista de coisas que procuro num homem. Não saio abrindo as pernas para qualquer cara que tenha um sorriso fofo, um rosto bonito e uma carteira cheia de dinheiro. Já dormi com homens sem dinheiro, sem dentes, e até com um que sofria de calvície precoce, mas todos eles eram meus namorados. Sim, tenho um gosto duvidoso para homens, mas isso é outra história — da qual não me orgulho muito. Na verdade, ainda tenho tremeliques ao me lembrar do cara desdentado com a cabeça lá embaixo. Valeu como uma experiência incomum.

Sei que você pode não acreditar que tenho critérios. Ainda mais considerando quão rápido eu abri as pernas para o estranho misterioso no casamento dos meus amigos. O estranho misterioso que agora estava à minha frente na casa dos meus pais. Você pode querer acreditar que eu abro as pernas para qualquer homem que pedir, mas, acredite, não faço esse tipo de coisa. O sr. Língua foi a exceção à regra. Abri as pernas e tirei a calcinha sem pensar duas vezes quando o vi. Bem, na verdade não foi bem assim. *Eu* não tirei a calcinha, exatamente. Ele a tirou com os dentes. Dentes brancos como pérolas, afiados, perfeitamente retos e bonitos. Ah, merda, meu corpo ainda se lembra dos dentes dele arranhando a pele ao arrancar minha calcinha branca de renda. Para ser sincera, naquele instante, eu não poderia interrompê-lo ou a mim mesma. Foi um daqueles momentos mágicos que se veem nos filmes. A química entre nós era perfeita, nossos corpos estavam em chamas e tudo o que eu podia pensar era nele e naquela boca; embora estivéssemos numa igreja lotada. Nunca pensei que algo assim aconteceria comigo. Eu me deixei levar pela emoção do momento. Quer dizer, não é todo dia que você estabelece contato visual com um estranho de olhos verdes, e ele a leva até um quarto nos fundos de uma igreja (Deus, perdão). Não é todo dia que você encontra um homem lindo, sexy, um daqueles garanhões bem viris, e, tudo bem, sim, ele era um pouco desagradável, mas não liguei. Não é todo dia que um gostosão joga você no chão, levanta seu vestido até a cintura e tira sua calcinha com os dentes. E não nos esqueçamos da língua dele. Ah, meu Deus, a língua me fez coisas que não posso repetir. Coisas que eu nem sabia que existiam. Como orgasmos múltiplos em minutos; sim, eu disse minutos. Tipo um depois do outro. E tudo com a língua: rosada, longa e extremamente flexível. Quem diria que línguas seriam tão flexíveis! E, é claro, ele percebeu que revirou meu mundo de cabeça para baixo. O sorriso no rosto e o brilho no olhar me diziam que ele sabia que era tudo aquilo. Idiota presunçoso e metido. Observando-o à minha frente, tive certeza de que ele também se lembrava daquele dia. O brilho no olhar me dizia isso, enquanto eu tentava manter o controle da respiração. O que ele fez comigo naquele dia, e por que estava ali, na casa dos meus pais?

Fiquei só um pouco envergonhada quando cheguei ao clímax junto à boca dele. A forma como lambeu meus líquidos dos lábios com vontade fez com que me sentisse um pouquinho safada. Mas não me importei. Eu ainda estava muito ocupada tentando recuperar o fôlego ao mesmo tempo em que me levantava do chão num pulo e ajeitava o vestido. Comecei a entrar em pânico quando ouvi o organista tocar a "Marcha nupcial". Eu precisava voltar depressa para meu lugar na igreja, e isso significava ir sem calcinha, já que ele não queria devolvê-la (e, sim, achei isso um pouco excitante). Eu sei, não tenho vergonha. Voltei para a nave naquele dia me sentindo uma prostituta. Deixei um cara convencido qualquer, cujo nome eu nem sabia, enfiar a cabeça entre minhas pernas justo antes de um casamento. Quem faz esse tipo de coisa?

E isso nem foi o pior. Também fui para casa com ele. Isto é, para o quarto de hotel dele. Uma suíte muito cara e muito impressionante no Marriott, no centro da cidade (ele provavelmente estava pagando o valor mensal do meu aluguel por um longo final de semana). Fomos para o quarto de hotel e, então, ele usou outras coisas além da língua. E eu fiz mais do que ficar com as pernas para cima e o rosto dele enfiado bem no meio. Foi uma noite de fogos de artifício. Uma noite de sexo explosivo que abalou meu mundo e tudo o que eu sabia sobre sexo. Coitado do próximo cara chato que eu namorasse. Nunca mais eu ficaria feliz com preliminares breves e um vai e vem no papai e mamãe. Sexo nunca fora tão quente para mim, e acho que essa é a beleza das noites casuais. Você fica com alguém e faz todas as coisas que nunca faria normalmente. Nós dois não tínhamos expectativas. Nem ao menos nos apresentamos. E foi por isso que na manhã seguinte, bem cedo, não demorei a ir embora do quarto, com a cabeça o mais erguida possível quando fiz a caminhada da vergonha pelo lobby do hotel, o rímel borrado e o cabelo bagunçado me entregando para todos os que me vissem.

Mas não me importei. Eu tinha vivido a melhor noite de sexo da minha vida e com o homem mais gostoso que já conheci. Essas coisas mexem com seu ego. Eu me senti a rainha da cocada preta, e estava certa de que também tinha abalado o mundo dele. Aquele cara não me esqueceria tão cedo; ainda mais considerando as marcas de arranhões e mordidas que o lembrariam da nossa noite pelos próximos dias. Não importava que ele tenha dado a impressão de ser um idiota arrogante; tampouco a forma como me dominou na cama. Eu até gostei daquele jeito macho alfa de assumir o controle. Era bom na cama, mas eu sabia que no dia a dia ele iria me irritar, mas eu não ligava. Eu nunca mais teria de lidar com ele.

Mas eu estava errada. Sabe como a vida é. Quando você está na crista da onda, se sentindo no topo do mundo, alguma coisa sempre acontece para trazê-la de volta à terra. Foi o que ocorreu comigo neste final de semana, quando fui visitar meus pais. Era o final de semana após o casamento em que eu fiquei com o sr. Língua. Sim, minha noite de sexo casual só não pareceu tão excitante e inocente quando cheguei à casa dos meus pais e o vi sentado no sofá. Quase tive um ataque cardíaco quando vi o Língua Milagrosa ou, como ele mesmo dizia, o sr. Língua, diante de mim no sofá dos meus pais, tomando chá. Quando levantou os olhos para me ver, com um sorriso no olhar, foi um momento que nunca esquecerei. Foi o instante em que meu coração parou pelo que pareceram minutos. Foi o instante que me lembrou por que eu nunca havia feito sexo casual antes. Fiquei ali por alguns segundos, antes que ele se levantasse e viesse até mim, um sorriso enorme no rosto.

— Olá — disse, estendendo a mão para mim. — Prazer em conhecê-la, meu nome é Xander.

— Eu sou Liv — sussurrei, enrubescida, apertando a mão dele.

— Prazer em conhecê-la, Liv — respondeu, e seus olhos me provocavam diante do olhar observador dos meus pais.

— Igualmente. — Engoli em seco com força. O que ele estava fazendo ali?

— Ah, tem alguma coisa na sua orelha. — Ele se inclinou, fingiu tirar algo da minha orelha e murmurou: — Agora tenho um nome para ligar ao rosto quando eu pensar na noite que passamos juntos.

Senti a ponta de sua língua no lóbulo da minha orelha. Eu me afastei, chocada, e olhei para ele e depois para meus pais.

— O que você está fazendo aqui? — perguntei suavemente, precisando de uma resposta.

Era uma coincidência grande demais. Obviamente a resposta não teria nada do conto de fadas que eu, em segredo, esperava. Ele não tinha dado um jeito de me encontrar porque não se esqueceu de mim. Não tinha ido ali me cortejar. Não, era óbvio que minha jornada pela terra do sexo casual não poderia ser tão perfeita. Era óbvio que minha jornada pelas noites casuais acabaria se tornando um caos completo. Eu deveria ter imaginado que, para mim, não seria uma noite de diversão. Eu deveria ter imaginado que noites de sexo casual nunca acabam na mesma noite e sempre se tornam um problemão.

— O que você gostaria que eu estivesse fazendo aqui?

Ele riu e passou as mãos pelos cabelos pretos. Cabelos que eu sabia serem macios como seda. Cabelos que eu agarrei e puxei. Mordi o lábio inferior, em choque. Se eu soubesse por que ele estava ali, teria fugido. Se eu soubesse quem ele era no casamento, teria dito "não". Mas é óbvio que eu não tinha conhecimento dessa informação. Então é óbvio que aquela noite de sexo casual mudou tudo o que eu sabia sobre minha vida e sobre quem eu era. Minha noite de sexo casual tinha um nome. Xander James. E Xander James estava prestes a complicar muito minha vida. Porque Xander James ia muito além do sr. Língua. Xander James era um homem que conseguia o que queria quando queria, sem perguntar nada. E naquele momento ele tinha me visto de novo. Eu estava no topo de sua lista de desejos.

1

Uma semana antes

— Liv, te dou cem dólares se você ficar com alguém no casamento amanhã — anunciou Alice, sorrindo para mim, e mostrou cinco notas de vinte. — Cinco notas das grandes, querida.

— Cinco das grandes seriam quinhentos, não cem dólares — retruquei, revirando os olhos. — Notas de vinte não são consideradas grandes.

— Para mim, são.

— Para mim, não.

— Liv — suspirou Alice. — Pare de tentar mudar de assunto. Vai fazer isso ou não? — Ela pausou. — Eu te desafio.

Meus olhos se estreitaram enquanto eu a observava. Alice sabia que eu não fugia de um desafio.

— O que eu tenho que fazer?

— Só ficar com um cara — disse ela com um sorriso. — Qualquer cara.

— Qualquer cara?

— Bem, alguém que esteja na festa. Tem que ser um desses casinhos de festa de casamento.

— Joanna vai me matar — comentei, balançando a cabeça e rindo.

— Esse é o objetivo. — Ela deu uma risadinha e se jogou na minha cama.

— Ah, Alice — suspirei, e me sentei ao lado dela.

Joanna era nossa colega de quarto na faculdade. Nós três moramos juntas nos últimos três anos. E ficamos em choque quando, dois meses depois da formatura, Joanna nos contou que iria se casar. Com o ex-namorado de Alice.

— Se você ficar com Luke, vou te dar quinhentos.

— Não vou ficar com seu ex — garanti, fazendo uma careta, e depois bati na boca. — Desculpe.

— Por que está se desculpando? — Alice deu de ombros. — Você é uma boa amiga.

— Não acredito que ela vai se casar com ele e ainda nos convidou ao casamento.

— Ela é uma vadia — declarou Alice, assentindo.

— Nós não precisamos ir — falei em tom esperançoso.

Não queria ir a esse casamento. Eu tinha um péssimo pressentimento de que algo daria muito errado.

— Temos que ir — disse Alice, lambendo os lábios. — E vamos quebrar tudo!

— Não sei se quero quebrar tudo — suspirei com uma careta. Eu não queria quebrar tudo, mas sabia que, pelo bem de Alice, eu quebraria o máximo que pudesse. O que seria difícil, considerando meus antecedentes.

Sou a boa menina da família. A mais jovem de cinco filhos; tenho três irmãos e uma irmã. Todos são loucos e descontrolados. Você não cresce com irmãos loucos e vira louca também. Você vira uma boa menina. Você vira a filha pela qual seus pais se sentem gratos. Você vira uma santinha. Fui santinha a vida toda. Até a faculdade. Fui para a faculdade determinada a me divertir. E me diverti muito. Mas não foi bem diversão do tipo em que você faz sexo com um bonitão diferente toda semana. Foi do tipo em que você fuma um baseado num quarto escuro com três amigas enquanto falam sobre se divertir com bonitões. Não me entenda mal, eu queria ser uma dessas garotas autoconfiantes que saem e fazem sexo com quem quiserem. Só que eu não tinha o tipo de personalidade que permitia isso.

Então eu tive dois namoros longos, com dois caras relativamente seguros, com quem eu fazia um sexo mais ou menos e seguro. Eu me formei bacharela aos 22 anos e solteira, me sentindo tão entediante quanto era quando comecei as aulas. Eu estava determinada a mudar isso, de uma vez por todas. Mesmo que significasse rodar a baiana no casamento de Joanna.

— Não se esqueça, cinco notas das grandes, querida — disse Alice, sorrindo, enquanto entrávamos na igreja na tarde seguinte. Nós duas estávamos um pouquinho alegres por causa dos mimosas de cortesia que tomamos no café da manhã. — Pense em todas as coisas que você poderia fazer com esse dinheiro.

— Cem dólares não vão me tornar milionária — retruquei, revirando os olhos, e ri. — Pensei que você tivesse se esquecido dessa proposta idiota.

— Eu tinha, mas então vi Luke e Joanna e tive vontade de vomitar. — comentou ela com uma careta. — Eu me sentiria melhor sabendo que alguém se deu bem no casamento dela. — Ela sorriu. — Seria uma brincadeirinha sórdida sobre a qual ninguém mais saberia, só eu.

— Bem, eu saberia, e o cara também. — Ficamos em pé, desconfortáveis, na frente do banco e continuamos a conversar. — Além do mais, não acho que esta seja uma conversa apropriada para se ter diante de Deus.

— Deus também não está feliz com Joanna — disse Alice, fazendo uma cara feia, e suspirou. — Perdoe-me, Pai, pois eu pequei. — Ela fez um rápido sinal da cruz e torceu o nariz. — Está bem, não fique com ninguém e não me faça me sentir melhor.

— Se eu ficar com alguém, isso não deveria fazer você se sentir melhor de qualquer forma, Alice — comentei, rindo, e depois olhei ao redor. — Será que devemos nos sentar? Acho que chegamos um pouco cedo.

— É, acho que sim. — Ela deu de ombros. — Ou podemos dar o fora e pegar mais uns drinques, o que acha? Parece um plano ainda melhor.

— Não podemos dar o fora. — Achei graça da sugestão, embora não estivesse feliz por ter que presenciar o casamento de duas pessoas das quais eu nem gostava muito.

— Por favor.

Alice me dirigiu um olhar esperançoso, e eu ri de novo quando ela fez o gesto de alguém bebendo um drinque. Deixei a cabeça tombar para trás de tanto rir, e então senti que alguém me observava. Olhei para a esquerda e vi um homem alto e pensativo com cabelos escuros e rosto fechado a cerca de duzentos metros de nós. Tentei sorrir para ele, mas, em vez de retribuir o sorriso, ele levantou a sobrancelha com ar de desdém e desviou o olhar.

— Aquele cara é um idiota — sussurrei a Alice, mais séria.

— Que cara? — Ela se virou e olhou para a entrada da igreja, mas o cara grosseiro tinha ido embora, e um grupo de mulheres mais velhas vinha em nossa direção.

— Agora há pouco tinha um cara ali, que estava me olhando como se eu fosse uma plebeia nas terras dele. — Senti o rosto enrubescer de raiva ao me lembrar do olhar superior dele. — Não sei quem ele pensa que é, mas não acho que haja algo errado em rir numa igreja.

— É, estranho — concordou Alice. — Talvez ele seja parente de Joanna ou algo assim. Acho que só tem esnobe na família dela. Ninguém é bom o suficiente para ela.

— Não entendi por que ele estava me encarando — repeti. — Eu não estava fazendo nada errado.

— Esqueça esse cara. Ele provavelmente só precisa transar com alguém — disse Alice um pouco alto demais, e eu soltei um gemido quando vi um padre atrás dela.

— Boa tarde, padre — falei em tom brando, meu rosto queimando de vergonha.

— Boa tarde. — Os olhos dele fuzilaram os meus, e percebi que ele havia ouvido Alice e estava pensando que nós duas precisávamos nos confessar; embora nenhuma de nós fosse católica. Ele continuou andando e passou por nós.

Eu agarrei o braço de Alice.

— Vamos lá fora esperar a igreja encher um pouco. Acho que estamos prestes a arrumar confusão aqui.

— Fazer sexo com esse grupo de senhoras seria uma forma de arrumar confusão, não ficar parada aqui — retrucou Alice, e senti uma onda de compaixão por ela.

— Você está bem? Deve ser difícil passar por isso...

— Meu ex-namorado vai se casar com minha ex-colega de quarto e amiga. Que motivos eu tenho para ficar chateada? — suspirou Alice, e depois balançou a cabeça. — Não me importo. Ele tinha pinto pequeno. Isso é problema de Joanna agora.

— Hahaha! — Comecei a gargalhar de novo, a ponto de lágrimas rolarem pelo meu rosto. Não sei bem por que achei tanta graça, mas suspeitava que o efeito dos mimosas me deixava mais relaxada que o normal. — Você nunca me contou que Luke não era bom de cama.

— Ele era bom com a língua. — Ela sorriu. — Isso bastava.

— Hum — falei, coçando a cabeça. — Deixe-me pensar. — Fechei os olhos e tentei pensar num cara com a cabeça entre minhas pernas e depois num cara me penetrando. — Pau ou língua, o que eu preferiria?

Abri um sorriso e, em seguida, os olhos. O rosto de Alice parecia tenso, por isso me virei à direita e vi o homem pensativo de antes bem ao lado de minha amiga. Os olhos verdes dele pareciam deliciados ao me encararem. Ele era lindo, e eu tive dificuldades de respirar quando percebi o que havia acabado de dizer em alto e bom som. Quis gemer, mas mantive a boca fechada e os olhos nele. Seus lábios rosados pareciam macios, e ele tinha uma barba escura e suave que o deixava sensual pra caramba, e eu nem sou chegada em barba. Senti o rosto esquentar enquanto o encarava. Tudo o que pensava era na barba dele, e me perguntei se faria cócegas se ele fosse lá embaixo. Eu quis dar um tapa em mim mesma por esses pensamentos inapropriados. Nunca mais tomaria mimosas de manhã.

— Você se decidiu? — murmurou o homem, com uma voz tão rouca e profunda que me fez pensar em quartos escuros e algemas.

— Sobre o quê? — retruquei de um jeito desengonçado, sabendo exatamente do que ele estava falando.

— Sua preferência. — Ele riu e lambeu os lábios devagar. Meus olhos acompanharam e língua dele, e percebi que ele estava me provocando, mas não me importei.

— Sim — sussurrei, e esvoacei os cabelos castanhos e longos para trás.

— E então? — O cara se inclinou para frente, os olhos me dando a entender que ele estava atraído por mim. Olhei para Alice, e ela sorria para nós dois enquanto dava um passo atrás.

— Então que isso só interessa a mim. — Dei a ele um sorriso doce, embora meu estômago estivesse agitado.

— E se eu quiser descobrir? — Seus olhos encaravam os meus, investigativos, e ele tocou meu ombro de leve.

— E se você quiser descobrir? — Dei de ombros. Ele deu um passo atrás com um sorriso e assentiu.

— Você vai descobrir.

— Vou descobrir o quê? — Meu coração acelerou quando analisei o peitoral dele. Embora estivesse de terno, dava para ver que ele estava em boa forma.

— Você vai descobrir o que acontece quando eu quero saber algo.

— Tudo bem... — Minha voz sumiu.

— Tudo bem, então. — Ele sorriu, um sorriso convencido, e lambeu os lábios mais uma vez. — Vejo você mais tarde. — E foi embora.

— O que foi isso? — sussurrei para Alice, meu corpo tremendo um pouco.

— Não faço ideia do que acabou de acontecer, mas aquele cara era sexy pra caramba. — Alice olhou para trás. — Eu não me importaria se a língua dele ou o...

— Alice — interrompi-a, rindo. — Acho que deveríamos mudar de assunto.

— Por quê? — suspirou ela. — Vai me dizer que não achou aquele cara um gato?

— Não vou dizer isso. — Eu ri e pensei nos olhos verdes e nos cabelos pretos daquele cara. Mexi as pernas e me lembrei da língua rosada dele. — É difícil dizer não a um cara como ele.

— É, seria bem difícil dizer não — concordou ela.

Ficamos ali por alguns minutos, pensando no homem. Eu deveria ter imaginado que não seria a última vez que o veria aquele dia. Quer dizer, ele basicamente me avisou que voltaria e estaria à espreita. Talvez eu não tivesse prestado atenção nele ou não me importasse, porque também estava a fim. Havia tanto tempo que eu não saía com alguém, e eu nunca tinha feito nada indecente ou louco. Nunca tinha ficado com um cara só por ficar, mas eu estava na seca e dar uns pegas não pareceu tão ruim. Nem mesmo me importei com o fato de que ele parecia esnobe ou um idiota detestável. Não que eu fosse namorá-lo. Não mesmo. E não fui nem eu que dei a iniciativa. Ainda assim, estava na expectativa de esbarrar com ele de novo quando me levantei do banco para comprar água.

— Pegue uma garrafa para mim também. — Alice me entregou uma nota de cinco dólares. — E não demore. Não quero ficar sentada aqui sozinha por muito tempo.

— Está bem.

Saí da nave correndo e passei os olhos pelo lobby já lotado de todos os convidados que chegavam. Fiquei desapontada por não ver o belo estranho e estava prestes a voltar quando senti duas mãos na cintura.

— Então, decidiu? — sussurrou ele junto à minha orelha, e as mãos desceram pelos meus quadris.

Não sei o que deu em mim, talvez tenha sido coragem alcoólica, mas me virei devagar e fiquei de frente para ele.

— Adoro língua. — Lambi os lábios e depois engoli em seco, com os olhos fixos nele. Não acreditei que estava sendo tão obviamente insinuante para um estranho.

— Que bom — disse ele, rindo e se inclinou, de modo a quase encostar os lábios nos meus. — Já me disseram que sou muito bom com a língua.

— É? — falei, nervosa.

— Aham.

Ele piscou para mim e agarrou minha mão antes de me guiar por um pequeno corredor. Eu o segui, e havia um rugido alto nos meus ouvidos, mas não consegui parar. Não naquele momento. Não quando cada pedaço do meu corpo estava em chamas, à espera do toque dele. Aquele homem era a personificação do sexo, e não ia fazer mal nenhum dar uns amassos nele.

— Você é tão sexy — sussurrou, abrindo uma porta, então me puxou e fechou-a. Ele me empurrou para trás e eu senti seus lábios nos meus. — Vou te mostrar como sou talentoso.

— Shh. — Beijei-o de volta com avidez, minha língua entrando em sua boca ao mesmo tempo em que minhas mãos acariciavam seu pescoço. Sinos tocaram na minha cabeça e ondas de calor percorreram meu corpo quando ele sugou minha língua. A seca tinha oficialmente acabado, e eu não podia estar mais feliz com isso.

Firmes e provocantes, as mãos dele desceram pelo meu corpo e subiram por dentro do meu vestido, com os dedos arranhando minha pele no caminho até o grande prêmio. Eles roçaram de leve minha calcinha, e fiquei paralisada por um segundo, me afastei e olhei para ele antes que minhas pernas fraquejassem.

— Calcinha de renda? — comentou ele, sorrindo, com os olhos desafiando os meus, enquanto brincava com o enfeite feminino.

— Sim. — Assenti e gemi quando ele enfiou um dedo, deslizando.

— É você que vai se casar?

— Precisa ser meu casamento para eu usar calcinha de renda? — Soltei um gemido ao morder o lábio inferior.

— Acho que não. — Ele piscou. — Também não precisa ser seu casamento se você quiser dar uns amassos na igreja. — Seus olhos me olhavam divertidos, e percebi que ele estava fazendo piada sobre a situação.

— Se você não quiser... — Fiz menção de me levantar, e o rosto dele veio em direção ao meu novamente. Seus olhos brilhavam com uma luz intensa ao me encararem.

— Eu quero — ele sussurrou logo antes de seus lábios desabarem sobre os meus.

Dessa vez não foram delicados nem provocantes. Foram exigentes e objetivos. Aquele homem queria me dominar. Sua língua queria desbravar minha boca, e ele sugou minha língua com tanta elegância que tive que me segurar em seus ombros para não cair. Quando o agarrei pelo rosto para aprofundar o beijo também, senti lábios doces e salgados, como castanhas tostadas com mel. Meus dedos passearam pela barba curta, e fiquei espantada com a maciez da pele sob os pelos ásperos. Ele me pegou e me levou até o chão.

— O que você está fazendo? — perguntei, gemendo, quando ele levantou meu vestido de festa.

— O que você queria.

Ele se abaixou, e senti sua língua caminhando pela parte interna da minha coxa. Meu corpo inteiro formigava, e tudo em que eu pensava era como estava feliz por ter depilado a perna inteira naquela manhã. Nunca mais depilaria só meia perna. Não se considerar que ocasiões como aquela poderiam acontecer. Meu corpo tremeu quando os dentes dele encostaram na calcinha, já muito úmida. Eu me reclinei e gritei quando os dentes perfeitos dele agarraram o tecido e puxaram a calcinha para baixo.

— Será que deveríamos estar fazendo isso? — falei, gemendo, e olhei para ele. Observei-o deslizar a calcinha pelos meus tornozelos e colocá-la no bolso.

— Acho que a questão é: vamos nos arrepender se não fizermos?

— Nós nem nos conhecemos.

— Isso importa? — Ele desabotoou o botão de cima da camisa e afrouxou um pouco a gravata-borboleta. — Assim que vi você, soube que queria conhecê-la.

— Você quer me conhecer, mas não quer saber meu nome?

— Sem nomes, sem perguntas. — Ele me olhou com atenção. — Tudo bem para você?

— Sim, se estiver tudo bem para você — murmurei, com o coração trovejando. Eu nem sabia o que estava dizendo. Só sabia que desejava o toque dele mais uma vez.

— Ótimo — disse ele, apenas, agarrando minhas pernas e abrindo-as. — Agora, vou mostrar que recompensa eu dou para boas meninas.

Ele enterrou o rosto na minha boceta, e sua língua lambeu meu clitóris com avidez. Um suspiro involuntário me escapou dos lábios quando senti a língua dele deslizando por dentro de mim. Minhas pernas apertaram seu rosto, e eu agarrei-o pelos ombros enquanto ele enfiava a língua em mim e depois retirava. Fiquei deitada com a cabeça no chão e as pernas abertas, e só pensava que alguém poderia entrar no cômodo e nos flagrar, fornicando, no chão. Apesar de que, teoricamente, não estávamos fornicando. Tenho que admitir que esse pensamento me assustava e me excitava ao mesmo tempo. Eu tinha libertado minha vagabunda interior. Ou fora o sr. Língua que a libertou?

— Goze para mim, querida — sussurrou ele, deslizando para dentro e para fora de mim com rapidez, sua língua tão grossa e longa como o pênis de alguns homens. Eu sei, eu sei, isso é algo estranho de se pensar, mas ele sabia o que estava fazendo. Eu imaginava como seria fazer sexo com ele. Tinha certeza de que seria explosivo na cama.

— Morda meu ombro — gemeu ele quando comecei a gritar.

Eu fiz o que mandou e mordi seu ombro e sua camisa para evitar que a igreja inteira ouvisse meu clímax. Logo meu pescoço pareceu meio tensionado, então o levei um pouco para trás. Ele beijou meu clitóris antes de lamber os líquidos e se virar para cima.

— Seu gosto é uma delícia, como mel — grunhiu ele junto ao meu corpo, e senti seus dedos me acariciando com delicadeza enquanto eu levava os lábios até seu pescoço e o sugava. — Você vai deixar uma marca de mordida no meu pescoço. — Seus olhos encontraram os meus, escuros de luxúria, e eu ri.

— Eu quero deixar minha marca em você — rosnei de volta, surpreendendo a mim mesma com a voracidade do tom. De onde veio essa garota ardente e agressiva? Eu quero deixar minha marca em você? Quem disse isso? Quem eu estava me tornando? Eu era algum tipo de vampiro? Ou lobisomem? Ou só uma louca que falou coisas bizarras?

— Você já deixou sua marca em mim — disse ele com a voz rouca, e lambeu os lábios. — Você deixou bem mais que isso.

Eu ri embaraçada dessa vez. Quer dizer, como não ficaria sem jeito? Não quando se trata de mim. Eu sou desajeitada. Sempre fui. Só porque naquele momento eu não estava tão desajeitada, não significava que por dentro não estivesse. Acho que foi por isso que levei a mão até o cinto dele e o abri devagar, de forma sedutora. Bem, pelo menos foi o que tentei fazer. Consegui desabotoar a calça, mas, quando cheguei ao zíper, tive problemas.

— Não desce — murmurei, erguendo os olhos para o rosto dele. Notei que ele estava se segurando para não rir.

— Talvez meu zíper saiba que, se abrir, não vamos sair daqui pelas próximas duas horas. — Ele piscou para mim e se levantou num pulo. — E nós dois vamos perder o casamento, e isso não seria bom, seria?

— Acho que não — concordei, e peguei a mão que ele ofereceu para me levantar. Ajeitei o vestido e fiquei ali, na frente dele, sem saber muito bem o que fazer.

— Mas isso não significa que não possamos nos encontrar hoje à noite.

— Hoje à noite? — guinchei, surpresa com a sugestão, sem saber o que dizer. Então aconteceria. Eu oficialmente acabaria com a seca de dois anos. Faria sexo de novo. E com um gostosão. Meu estômago saltou de alegria só em pensar nisso.

— Sim, hoje à noite — confirmou ele com a voz suave. — Você. Eu. Meu quarto de hotel. Champanhe. Morangos. Minha cama. — Ele inclinou a cabeça para o lado e sorriu. — Acho que você sabe o que viria a seguir...

— Bife com batata frita? — zombei, e ele riu de forma leve.

— Isso. Bife com batata frita. — Ele me puxou para si e me beijou com delicadeza, e os dedos correram pelos meus cabelos. — Você vai ter que me ensinar essa posição — sussurrou no meu ouvido e beijou a lateral do rosto.

— Ah, não é uma posição — retruquei, num comentário idiota.

— Então vamos transformar numa posição, não vamos? — Ele encarou meus olhos de um jeito tão possessivo que não pude evitar uma onda de excitação.

— Se você quiser — falei, assentindo, com a cabeça ainda nas nuvens da confusão e da negação.

— Nós deveríamos voltar para a igreja — comentou ele com uma risadinha. — Estão tocando a "Marcha nupcial" de novo.

— É, devemos voltar — concordei, e me pus em direção à porta.

— Você primeiro. — Ele ficou onde estava. — Vou depois.

— Está bem.

Com o corpo ruborizado por causa do sangue dos orgasmos, abri a porta e saí correndo. Eu tinha mesmo acabado de deixar um estranho enfiar a cabeça entre minhas pernas? Meu cérebro ainda se recusava a acreditar, e eu ri comigo mesma no caminho de volta à nave da igreja. Eu não apenas havia deixado o sr. Língua ir lá embaixo, mas também planejava deixá-lo fazer várias outras coisas comigo naquela noite.

— Você deu uns amassos naquele cara? — perguntou Alice, eufórica.

Eu me senti como se estivesse fazendo a caminhada da vergonha do corredor até o banco e sabia que teria que doar todas as cinco notas de vinte que Alice acabaria me dando.

— Não.

Eu me sentei no banco ao lado dela, plenamente consciente de que não havia mais nem sinal de batom nos lábios e de que meus cabelos estavam uma zona.

— Ah, meu Deus, você transou com ele? — sugeriu Alice, boquiaberta.

— Não, não transei com ele — guinchei, e as pessoas no banco da frente se viraram e olharam para mim.

— Shh — fez a senhora diante de nós, me encarando. — Estamos num casamento, não numa boate.

— Desculpe — falei com um sorriso amarelo, mas ela se virou para frente. — Alice! — repreendi-a com o olhar.

— Nem vem, você que transou numa igreja. Não acredito — comentou ela, rindo. — Você vai para o inferno, com certeza.

— Não vou para o inferno. — Ajeitei os cabelos. — Nós não transamos.

— O que vocês fizeram, então? — indagou ela, sorrindo.

O organista começou a tocar a "Marcha nupcial" mais uma vez, e todos nós nos levantamos.

— Nem queira saber.

Eu corei e endireitei o vestido. A parte interna das coxas ainda formigava.

— E qual é o nome dele?

— Nome de quem?

— Liv. — Alice revirou os olhos, e eu evitei seu olhar, observando o noivo e o padrinho subirem ao altar.

— Não deveriam ter tocado essa música quando ele já estivesse no altar e a noiva entrando? — comentei com uma careta. — Quantas vezes eles vão tocar essa música?

— Liv, não estou nem aí para o que acontece no casamento do meu ex.

Alice fechou o rosto, e eu vi em seus olhos que ela estava mais magoada do que admitiria por causa daquele casamento.

— Não sei o nome dele — suspirei devagar. — Mas podemos chamá-lo de sr. Língua.

— Sr. Língua? — retrucou Alice na mesma hora em que a música parou, dando a impressão de que a igreja inteira estava olhando para nós.

Eu me virei para olhar ao redor e o vi de pé nos fundos da igreja com um sorriso malicioso no rosto enquanto ria e ajeitava o paletó. Ele ouviu. Tive quase certeza. Ah, por que, por que eu sempre tinha que ser tão pouco descolada nesse tipo de situação?

2

— Este é meu quarto de hotel.

Ele bateu forte a porta atrás de mim. Era como se a porta estivesse tentando me dizer que eu não iria embora, ao menos não naquela noite.

— Legal.

Olhei ao redor, quase sem respirar. O quarto era enorme, decorado como se fosse uma vitrine da Etna.

— É a cobertura?

— A cobertura júnior — respondeu, assentindo, enquanto se aproximava de mim.

— Bem legal — comentei, engolindo em seco com força.

— Já jogamos papo fora o suficiente?

Seus braços abraçaram minha cintura e me puxaram na direção dele.

— Eu não sabia que estávamos...

— Shh.

Seus lábios tocaram os meus com delicadeza quando ele me beijou.

— Não vamos perder tempo conversando.

— Eu nem sei seu nome.

Eu me afastei um pouco dele.

— Isso importa? — retrucou ele, com os olhos leves enquanto as mãos desciam até meu bumbum.

— Acho que não.

Meu rosto queimava de vergonha. Não porque ele não se importava com meu nome, mas porque eu também não me importava com o dele. Eu dormiria com ele de qualquer forma. Nós dois sabíamos. Sua língua fora o aperitivo, preparando-me para a verdadeira ação. Eu sabia que o prato principal me deixaria saciada. Achei graça dos meus pensamentos. Não sabia bem quando minha mente havia se tornado tão suja, mas eu estava adorando.

— Qual é a graça?

Ele me puxou para si, e eu senti sua rigidez junto à minha cintura. Minha nossa, eu havia pedido uma porção extragrande e nem tinha percebido.

— Estava pensando sobre o jantar — falei de um jeito fútil, me sentindo boba.

— Bife com batata frita.

Ele lambeu os lábios devagar.

— Tenho um bife dentro das calças que não se importaria de ser devorado, sabia?

— Ah, é?

Levantei as sobrancelhas, e ele caiu na gargalhada.

— Está bem, isso pareceu bem mais interessante na minha cabeça.

— Espero que sim — respondi, rindo. — Porque não pareceu tão interessante dito em voz alta.

— Está dizendo que eu não sou interessante? — provocou ele, enquanto eu o seguia pela sala de estar da cobertura.

— Estou dizendo que você não é nenhum John Travolta, em *Grease*. Sabe, você não é interessante como Danny.

— Bem, vou tomar isso como um elogio, Sandy.

Ele estourou uma garrafa de champanhe.

— Quer uma taça?

— Sim, obrigada.

Peguei a taça que me ofereceu, me sentei no sofá e tomei um golinho. *Isto não é nem um pouco embaraçoso*, pensei comigo mesma, sentada ali olhando para ele. Eu ainda estava de vestido e ele ainda estava de terno, só havia tirado o paletó. A camisa branca colada ao corpo como se fosse uma segunda pele, e eu estava louca para ver o peitoral dele. Tinha certeza de que seria tonificado. Dava para ver pelo jeito como o bíceps se destacava na camisa. Minha única dúvida era se ele tinha um tanquinho ou era só sarado.

— No que está pensando?

Ele sentou-se ao meu lado no sofá e me olhou.

— Seu vestido é muito bonito, aliás.

— Hum, obrigada.

Tomei mais um gole do champanhe. Ai, meu Deus, por que ele era tão gato?

— Só estou pensando em como você é fofo.

— Obrigado.

Ele largou a taça e se aproximou de mim.

— Quer saber no que estou pensando?

— No quê?

— Estou imaginando como você é sem esse vestido. Estou imaginando o quão rápido posso fazê-la gozar. Estou imaginando se você vai tentar deixar uma marca em mim de novo. Estou me perguntando se seus seios são tão doces quanto sua boceta.

— Ah — guinchei, com o rosto tão quente quanto suas palavras. Ele não estava de brincadeira, e eu adorei.

— Eu deixei você desconfortável?

Ele acariciou meu rosto com suavidade.

— Não.

Os dedos dele passaram pelos meus lábios e ele colocou o indicador na minha boca. Suguei o dedo com delicadeza, e ele encarou meus olhos com voracidade enquanto eu mordiscava. Ele tirou o dedo devagar e o afundou na minha taça de champanhe, com os olhos grudados nos meus, antes de colocá-lo na minha boca. Suguei forte dessa vez, lambendo o champanhe. A expressão no rosto dele se transformou quando me aproximei e rocei a mão na virilha ao mesmo tempo em que sugava o dedo. Abri um sorriso quando senti o volume na calça. Ele já estava excitado. Eu me senti poderosa por saber que poderia causar esse efeito num homem tão lindo quanto ele. Não importava se aquela era uma noite casual. Não importava se era apenas sexo.

— Você gosta de provocar?

Ele retirou o dedo da minha boca e as mãos desceram até meus seios.

— Levante-se e tire o vestido — ordenou, e eu o olhei surpresa.

— O quê? — perguntei, ainda acariciando seu pau rígido.

— Tire o vestido.

— E a palavra mágica?

— Estou de pau duro.

Ele riu, com os olhos me desafiando.

— Estava pensando em "por favor".

Lambi os lábios e fiquei de pé na frente dele.

— Não há tempo para "por favor", só para "obrigada".

— "Obrigada"?

— Quando eu fizer você gozar, pode me agradecer — disse ele, convencido. — Todas as vezes.

— Todas as vezes?

Engoli seco com força e tirei uma das alças do vestido.

— Todas. As. Vezes — repetiu ele, pronunciando cada palavra com cuidado e clareza conforme se levantava.

— Entendo.

Minha mão ficou parada na parte de cima do braço enquanto eu observava aquele corpo que transpirava autoconfiança e poder. Ele era um homem acostumado a ter o que queria. Um homem que normalmente me irritaria.

— Não se preocupe. Tenho camisinhas suficientes.

Ele sorriu e apontou com a cabeça para mesa.

— Você planejou isto? — perguntei, franzindo o cenho. Ele havia planejado seduzir alguém no casamento? Nem importava quem eu era.

— Não.

Ele desfez-se em sorrisos, com os olhos firmes nos meus.

— Não planejei nada. Na verdade, isto é bem inconveniente para mim.

— Isto é inconveniente para você?

— Sim — confirmou, com a mão sobre a minha, tirando a alça do vestido. — Tenho outras coisas com que me preocupar.

— Isto é, em vez de ficar com alguém?

— Exato. Não era parte do plano.

— Entendo — falei, um pouco rabugenta, embora estivesse feliz por não ser apenas a garota daquela noite.

— Não era parte dos meus planos para este final de semana, mas posso mudar de ideia quando vejo uma garota bonita.

Ele se aproximou e pegou a outra alça do vestido.

— O que aconteceu com sua amiga, aliás?

— Minha amiga?

— A garota tagarela que estava com você no casamento.

— Ah, Alice — falei, rindo. — Foi para casa.

— Espero que ela não tenha ficado com raiva por eu ter roubado você para mim.

— Não, ela não ficou com raiva — retruquei, balançando a cabeça. — Ela está feliz porque eu vou transar.

— Ah, é?

Ele esticou as mãos atrás de mim, e eu senti o zíper do vestido se abrindo.

— Não sou o tipo de garota que costuma fazer sexo casual.

— Ah, é?

Ele parou e franziu o cenho.

— Não vai ser...

— Não se preocupe — interrompi. — Não acho que vá ser nada além de casual.

— Não quero que você tenha a impressão errada.

Ele puxou a parte da frente do meu vestido até a cintura, observou meus seios cobertos pelo sutiã e assoviou.

— Acredite, não vou ter impressão nenhuma.

— Que bom — disse ele, assentindo, com as mãos soltando o fecho do sutiã. — Não sou o tipo de cara com quem você vai querer se envolver.

— Bom saber.

Ofeguei quando seus dedos apertaram meus mamilos.

— Também não sou o tipo de garota com quem você vai querer se envolver.

Gemi quando ele se inclinou, levou meu mamilo à boca e o sugou.

— Aah — gritei, puxando seus cabelos.

— Por quê?

— Por que o quê? — suspirei enquanto ele afastava a boca.

— Por que eu não iria querer me envolver com você?

Seus olhos curiosos espreitavam os meus.

— Sou encrenca — menti, e levei a cabeça dele para o outro seio.

— É mesmo?

Ele sorriu, e seus olhos brilhavam com alguma emoção indistinguível quando ele envolveu o outro mamilo com a boca.

— Pode crer — menti mais uma vez, e fechei os olhos. — Sou encrenca com *E* maiúsculo.

— Gosto de garotas complicadas — murmurou junto à minha pele. — Gosto de fazer garotas más ficarem boas.

Ele mordiscou e sugou meu mamilo com tanta força que senti uma onda de desejo me percorrer da cabeça aos pés.

— Então é melhor começar — falei, rindo, e ele me pegou nos braços e me levou até a cama.

— Ah, estou pronto para começar.

Ele me jogou no colchão, se aproximou e tirou meu vestido todo. Então gemeu à visão do meu corpo nu, com luxúria evidente nos olhos.

— Sem calcinha, sua vagabunda.

Ele abriu um sorriso irônico.

— Você pegou minha calcinha — protestei entre os risos dele. — E não sou uma vagabunda.

— Não sou um cafetão, então não me importo.

Ele tirou a gravata e começou a desabotoar a camisa.

— Tanquinho — sussurrei comigo mesma com um meio sorriso.

— O quê? — perguntou, franzindo o cenho para mim enquanto desapertava o cinto.

— Você tem um tanquinho, não é simplesmente sarado — respondi, apontando para sua barriga enquanto me contorcia na cama.

— Isso importa?

Ele se jogou na cama ao meu lado, agarrou minha mão e passou-a pelo peitoral e pelo abdome.

— Hum... deixe-me pensar.

Com os dedos, percorri o peitoral e senti o calor emanando de sua pele. Minha nossa, ele era a perfeição num frasco de 1,90m.

— Não demore muito — rosnou enquanto tirava as calças e as jogava no chão.

Ele estava deitado ao meu lado só de cueca branca, e eu não estava certa se iria dar conta.

— Então, qual é sua posição favorita? — perguntou com a voz suave, virando-se de lado e me encarando, com os dedos passeando pela lateral do meu corpo.

— Ãhn?

Engoli em seco com força ao encontrar seu olhar. Meu corpo tremia ao toque.

— Sua posição favorita.

Ele abriu um sorriso doce.

— Seus olhos castanhos são lindos. Você sabia disso, não?

— Hum, obrigada.

Toquei sua bochecha.

— E você tem olhos verdes deslumbrantes, que às vezes parecem azuis e às vezes pretos.

— Como água numa noite turbulenta? — sugeriu ele, analisando meu rosto por alguns segundos, e então sorriu.

— Não, pensei em algo mais para violetas arroxeadas num dia de outono.

Acariciei a bochecha.

— Ou uma floresta à meia-noite.

— Ah, não tem nada em mim que combine com o outono. Estou mais para águas turbulentas numa tempestade.

Ele se inclinou e me beijou.

— Águas muito, muito turbulentas — repetiu colado nos meus lábios enquanto suas mãos desciam pelas minhas pernas.

Não me incomodei em perguntar o que ele quis dizer. Para que faria isso? Nós não iríamos parar para nos conhecer. Eu não era a terapeuta dele, e ele não era meu namorado. Aquela não seria uma noite profunda e significativa. Só iríamos nos divertir. Quando se deitou sobre mim, passei os dedos pelas costas dele e enrosquei as pernas em torno de sua cintura. Senti a rígida ereção urgindo contra mim e gemi.

— Faça isso de novo — murmurou ele, enquanto os dedos brincavam com meus seios.

— O quê?

Eu me contorci junto ao corpo dele, gemendo.

— Isso — rosnou ele, e se afastou de mim.

Observei-o tirar a cueca e sua rigidez saltou de lá, poderosa e confiante. Eu não deveria ter ficado surpresa ao ver o quanto era grosso e duro, mas não consegui me segurar e lambi os lábios.

— Você gosta?

Ele sorriu e levantou uma das sobrancelhas.

— Acho que não consigo mentir — respondi com uma risadinha.

Ele me agarrou e me colocou em cima dele, de modo que estava montada nele. Eu sentia sua rigidez entre as pernas.

— Você está muito úmida.

Ele gemeu enquanto eu me esfregava nele, para frente e para trás.

— Shh.

Eu me inclinei e beijei-o.

— Chega de papo.

— Chega de papo? — retrucou ele, estreitando os olhos.

— Chega de papo — repeti, colocando o dedo nos lábios dele. — Só faça amor comigo.

— Fazer amor com você?

Ele abriu um sorriso convencido enquanto as mãos abriam caminho pela minha cintura e subiam até meus seios, apertando-os suavemente um contra o outro.

— Me coma — sussurrei, ainda me esfregando nele.

— Comer você?

Ele sorriu ainda mais convencido.

— Sim — confirmei, assentindo com um sorrisinho. — É o que você quer, não é?

Ele não respondeu. Esticou a mão até o criado-mudo, agarrou uma camisinha e abriu o pacote. Observei-o tirando a proteção e fui para o lado, para que ele a vestisse. Sem desgrudar os olhos, levei suas mãos ao colchão e me aproximei, sentando-me gentilmente sobre ele, nunca tirando meus olhos dos dele, até me preencher. Naquele momento me senti mais viva do que nunca. Senti como se eu estivesse voando, pairando nos ares, e nada poderia me deter. Mexi o corpo para frente e para trás com delicadeza, mas para ele era pouco. Suas mãos começaram a empurrar e puxar meus quadris bem rápido, e passei a cavalgá-lo como uma verdadeira vaqueira.

O resto da noite se passou em um borrão de posições diferentes. Eu nunca havia me envolvido com um homem que logo tinha outra ereção depois do orgasmo. Era como o Super-Homem. Eu teria que apelidá-lo de Super-Homem da língua milagrosa. Ele me possuiu na cama, no sofá, no chuveiro, no chão. Ele me comeu com força, devagar e no meio-termo. Ele me deu prazer com os dedos, a língua e o pau, e eu gritei e berrei como se estivesse numa montanha-russa; e acho que estava mesmo. Eu estava na maior montanha-russa da minha vida. Sabia que ficaria dolorida no dia seguinte, mas não me importei.

Por fim, adormecemos lá pelas quatro da manhã. Acordei às cinco, com vontade de ir ao banheiro, e foi então que decidi ir embora. Peguei o vestido e o coloquei devagar enquanto observava o corpo adormecido na cama. Ele era um belo homem. E, claramente, devia ser um cafajeste, considerando que não hesitou em ter uma noite casual, mas eu sabia que era injusto pensar isso, uma vez que eu tomei a mesma decisão.

Saí do quarto na surdina, extasiada com a vida e inacreditavelmente satisfeita. Havia feito sexo casual pela primeira vez, e fora tudo que eu achei que seria. Na verdade, havia sido ainda melhor. Quem me dera poder contar ao meu ex, Shane, o que eu havia feito. Eu queria telefonar para ele e contar que estava errado sobre mim. Eu não era pudica. Não tinha medo de sexo. Eu era uma mulher sexy e confiante. Havia acabado de transar com um gostosão qualquer e estava me sentindo o máximo. Eu não estava nem um pouco envergonhada. Não ligava nem para o fato de que eu não sabia o nome dele e de que isso não importava. Eu não o veria de novo. Eu me satisfiz, e ele também, e assim poderíamos seguir com nossas vidas.

3

— É um saco eu sempre ter que ir para casa dos meus pais só porque Gabby quer pagar de filha perfeita e obediente — resmunguei ao telefone no carro a caminho da casa dos meus pais. — Não entendo por que minha presença é sempre requisitada.

— Vai ser bom ver seus pais — disse Alice, rindo. — Além do mais, você ainda pode conhecer outro cara e ter mais uma noite de sexo quente.

— Aham, com certeza — retruquei. — Pouco provável.

Corei ao pensar naquela noite casual.

— Além do mais, não quero fazer disso um hábito.

— Não acredito que você nem perguntou o nome dele — comentou Alice. — Sei que desafiei você mas não pensei que fosse às vias de fato.

— Não dormi com ele porque você me desafiou, Alice — falei com uma risadinha. — E não perguntei o nome dele porque não importava. Ele também não quis saber o meu.

Pensei no sr. Língua e no fato de que eu não tinha um nome para ligar àquele rosto lindo.

— Ele deixou bem claro que seria apenas uma noite de sexo delicioso e nada mais.

— Tenho certeza de que você poderia ter ficado para uma segunda noite.

— Estou feliz por ter ido embora — afirmei, sorrindo. — No mínimo, deixei o cara com um gostinho de quero mais. Se eu tivesse ficado até ele acordar e esperado para ver o que diria, teria parecido desesperada.

— Não, você provavelmente teria sexo matinal.

— Eu não precisava transar de novo. Já tínhamos feito sexo suficiente para eu passar uns bons meses — menti. Eu teria adorado transar com ele de novo pela manhã. Ele fora um amante maravilhoso, eu passei todas as noites da semana pensando nele e nas coisas que fizera comigo.

— Mas é triste. Você não tem nem como entrar em contato com ele.

— Melhor assim — suspirei. — Alice, ele disse que também não esperava que alguma coisa acontecesse naquele final de semana. Acho que a vida dele é complicada. Não acho que esteja atrás de algo mais.

— Ah, pior para ele — disse Alice, animada. — Quando você volta? Amanhã à noite?

— É, acho que sim — suspirei, pensando na minha atuação de filha perfeita. — Só espero que Gabby não queira compartilhar outras novidades emocionantes — resmunguei.

Das últimas vezes que visitei meus pais, ela havia entrado no doutorado, adotado um cachorro de rua e ganhado um prêmio por ter feito trabalho voluntário numa instituição local. Não dava para competir. Eu não tinha tantos louvores a compartilhar.

— Se ela tiver outras novidades emocionantes, você deveria compartilhar as suas também — sugeriu Alice, dando risadinhas.

— Que novidade?

— O fato de que você transou com um cara muito, muito gostoso semana passada.

— Aham, vou contar mesmo — comentei, rindo. — Meu pai teria um ataque cardíaco.

— Mas ia ser engraçado ver a cara deles.

— Não seria, não — resmunguei enquanto estacionava. — Olha, cheguei em casa. Falo com você mais tarde, tá?

— Claro, divirta-se — disse Alice, e terminou a ligação.

Desliguei o motor e saí do carro.

— Sorria, Liv — murmurei comigo mesma, pegando a bolsa. — Não vai ser tão ruim. Quem se importa com as grandes novidades de Gabby? Sorria, finja estar feliz e vá embora assim que puder — balbuciei, caminhando até a porta da frente.

— Liv, você chegou. — Minha mãe abriu a porta antes que eu tocasse a campainha. — Estávamos te esperando.

— Cheguei. — Sorri e fiz uma careta. — Não precisa mais ficar sentada esperando.

— Não tem graça, mocinha. — Ela balançou a cabeça. — Entre.

— Estou indo — resmunguei, revirando os olhos, então larguei a bolsa na entrada e respirei fundo.

De cara eu já sabia que seria um longo final de semana. Minha mãe estava com um de seus vestidos de ir à missa aos domingos. Isso significava que ela estava animada e que Gabby deve ter feito algo especial, fosse lá o que fosse. Talvez tivesse salvado a vida de alguém. Talvez tivesse encontrado a cura para o resfriado. Talvez estivesse de mudança para o Polo Norte. Eu ri comigo mesma. Isso, sim, seria uma ótima novidade.

— Está me ouvindo, Liv? — perguntou minha mãe, de cenho franzido, enquanto entrávamos na sala de estar.

— Claro, mãe.

Sorri para ela e respirei fundo.

— Quero que conheça nossa visita.

Ela apontou o sofá com a cabeça, e foi então que o tempo parou. O tempo parou quando vi a língua milagrosa sentada no sofá com meu pai, segurando uma xícara de chá.

— Olá.

Ele se levantou e sorriu para mim, como se não tivesse feito sexo casual comigo no final de semana anterior.

— Olá — murmurei, com o rosto corado.

Ah, meu Deus, por que ele estava ali? Será que contou aos meus pais? Ah, meu Deus, por que justo comigo?

— Olá, prazer em conhecê-la. Meu nome é Xander.

Ele veio até mim e apertou minha mão.

— Eu sou Liv.

Apertei a mão dele como se não o conhecesse, mas eu sabia que ele devia ter sentido a onda de eletricidade que nos percorreu quando nos tocamos.

— Muito prazer, Liv — disse ele, com os olhos me provocando.

Eu queria perguntar por que ele estava ali, mas meus pais estavam nos observando. Acho que eles não gostariam se eu perguntasse se ele era algum tipo de stalker.

— Igualmente — disse.

— Tem alguma coisa na sua orelha.

Ele se inclinou, e senti seus dedos roçando a parte de cima da minha orelha. Então senti seu hálito no meu tímpano.

— Agora tenho um nome para ligar ao rosto quando eu pensar na noite que passamos juntos — disse ele com a voz rouca, e senti a ponta de sua língua no lóbulo da minha orelha.

— O que você está fazendo aqui? — sussurrei com um sorriso grudado no rosto por causa dos meus pais. Será que ele tinha dado um jeito de me achar porque queria mais do que uma noite só? Meu coração trovejava enquanto eu me perguntava sobre a aparição dele. Será que causei uma impressão tão boa nele?

— O que você gostaria que eu estivesse fazendo aqui? — replicou com a voz suave, os olhos fixos nos meus enquanto ele analisava meu rosto.

— Eu...

Hesitei, encarando-o, de repente me sentindo prestes a desfalecer e, ao mesmo tempo, excitada.

— Liv, então você já conheceu Xander.

Minha irmã, Gabby, entrou na sala, com um sorriso estampado no rosto e os cabelos loiros dançando em torno dos ombros. Era óbvio que sua aparência estava tão perfeita quanto sempre tinha sido, nem um fio de cabelo fora do lugar.

— Sim — respondi, assenti. — Já o conheci.

Abri um sorriso amarelo e olhei para a porta quando outro homem entrou na sala.

— Este é o irmão de Xander, Henry — disse Gabby, apontando para o outro cara, que parecia uma versão mais bonita e doce de Xander.

— Oi — falei, dando a ele um sorriso caloroso. — Prazer em conhecê-lo, Henry. — Então olhei de volta para Gabby, já um tanto confusa. — Sem querer parecer grosseira, mas por que esses dois estão aqui?

— Mamãe e papai não te contaram? — perguntou Gabby, com um sorriso animado para mim e para nossos orgulhosos pais.

— Não, por isso perguntei.

A confusão me deixou impaciente.

— Estou noiva — disse ela, me mostrando o anel de noivado. Um diamante enorme brilhava no dedo, e eu o encarei muito impressionada, se não até com um pouquinho de inveja.

— Parabéns! — Dei-lhe um rápido abraço e me virei para Henry. — E para você também. Seja bem-vindo à família! — parabenizei-o também com um abraço.

Senti os olhos de Xander em mim, e meu estômago revirou. Minha nossa, eu tinha mesmo dormido com o irmão do noivo da minha irmã? Ops. Corei ao me afastar de Henry.

— Ah, não sou eu que mereço os parabéns — comentou Henry. — Não sou eu que estou noivo.

— O quê?

Meu rosto ficou branco quando me virei a fim de olhar para Xander. Ah, meu Deus, não!

— Meu noivo não é Henry, bobinha — retrucou Gabby, rindo, e eu a vi enlaçar o braço no de Xander e sorrir para mim. — Xander é meu futuro marido.

— Ah.

Arregalei os olhos e dei um passo atrás, sentindo o mundo girar. Ah, meu Deus, era pior do que eu pensava.

— Sim — confirmou Xander, os olhos procurando os meus. — Era para ser surpresa.

— Não está feliz por mim, Liv?

Gabby quicava no chão, e eu senti náuseas.

— Vamos todos formar uma família feliz — disse ela.

— Ê! — resmunguei, afetada.

Será que eu deveria contar a ela? Meu cérebro estava gritando comigo. O que eu poderia dizer? Transei com seu noivo semana passada.

— Parabéns! Que ótima notícia.

Olhei para Xander, e seus olhos continuavam fixos nos meus.

— Você estava certa — murmurou ele, caminhando até mim, enquanto eu o olhava.

— Sobre o quê? — perguntei com a voz suave, e Gabby foi falar com Henry e com meus pais.

— Você é encrenca com um *E* maiúsculo.

Ele piscou para mim, e suas mãos desceram delicadamente pelas minhas costas até meu bumbum. — Um enorme *E* maiúsculo.

— Não me toque — retruquei, e me afastei. — Você é o noivo da minha irmã.

— Não é o que você acha — murmurou ele, com os olhos penetrando os meus.

— Acho que você está noivo da minha irmã. Que parte eu entendi errado?

— Vá ao meu quarto hoje à noite que eu conto.

Ele sorriu com confiança e deu um passo atrás.

— Vou contar tudo o que você quiser saber.

Prendi o fôlego quando ele afastou meu cabelo para trás e se inclinou.

— E vou mostrar tudo o que você vem perdendo desde a semana passada — acrescentou.

— Como ousa? — ofeguei.

— Ouso um monte de coisas, Liv Taylor. — O sorriso desapareceu do rosto quando ele me encarou. — Você vai ver que isso é só a primeira de várias coisas que ouso fazer.

Apenas
POR UMA NOITE

1

Sou uma idiota! Não, sério, sou mesmo uma idiota! E não é só porque dormi com o noivo da minha irmã. Quer dizer, isso não foi minha culpa. Eu nem sabia que ela estava namorando. Não é minha culpa que o sr. Língua vai se tornar o marido dela. Ah, meu Deus, isso nunca será algo bom de dizer. É terrível dizer as palavras "marido da minha irmã", sabendo que fiz sexo casual com ele. É um pouquinho excitante, mas, ainda assim, terrível. Eu sei, eu sei, sou péssima. Como posso achar que isso é minimamente excitante? Como parte de mim pode se sentir tão viva sabendo que aquele homem na sala de estar foi meu amante? Mesmo que tenha sido só por uma noite, transamos muito aquela noite. E, quando digo muito, quero dizer muito. Mas acho que não é uma boa ideia me gabar disso. Ou do fato de que, quando o cavalguei feito uma vaqueira, ele me segurou pelos quadris e disse para eu "cavalgar a noite inteira".

E essa nem foi a pior parte. Quando corri da sala de estar para meu quarto, fui até o espelho conferir a maquiagem. Sim, eu queria ter certeza de estar bonita da próxima vez que visse Xander. E, ah, meu Deus, que tipo de nome é Xander? Ele é um aspirante a Deus grego, por acaso? Ou talvez a Deus romano? Talvez ele pense ser um super-herói. Ou seus pais acharam que ele se tornaria um super-herói. Quer dizer, quem dá o nome de Xander a um filho? Quer dizer, eu não me importaria em brincar de super-herói com ele. Eu bem que gostaria de vê-lo de máscara e capa, como uma versão sexy do Batman.

Mas... ai, esse também é um pensamento inapropriado. Quase tão inapropriado quanto o modo como conferi minha maquiagem e depois abri minha bolsa de viagem a fim de ver se eu havia trazido qualquer coisa remotamente sexy para vestir. E, quando digo sexy, quero dizer sexy sem ser vulgar. Nada óbvio. Como uma rápida espiadela, e coisas do tipo. Falei que sou uma idiota. Em vez de rezar para conseguir alguma redenção por ter ficado com o noivo da minha irmã (eu mal consigo dizer isso sem vomitar), eu estava vendo se tinha roupas bonitinhas. O pior é que eu me senti desapontada quando percebi não ter nada minimamente bonitinho ou sexy. Tudo o que eu tinha era um par de jeans, que não era nem mesmo skinny, e umas blusas largas. Nada que deixaria alguém deslumbrado. O que deveria ser bom, certo? Quer dizer, que tipo de mulher com respeito próprio quer impressionar o noivo da irmã com uma blusinha colada revelando um generoso decote? Nenhuma, eu sei. Nenhuma boa pessoa esperaria aparecer toda sexy na frente do noivo da irmã.

Aliás, mal acredito nisso. Como é que o sr. Língua ficou noivo da minha irmã? Como é que eles se conheceram? E que tipo de cafajeste ele era para traí-la comigo? Que confusão! Com que cara eu iria ao casamento deles, sabendo que transei com o noivo no último casamento a que comparecemos? E ele ainda estaria esperando um repeteco, algo como um doentio sexo de reencontro. Sexo em casamentos se tornaria nosso lance? Resmunguei ao perceber a estupidez dos meus pensamentos. Nós não tínhamos "lance" nenhum. Tivemos uma noite de sexo casual que se tornou mais complicada devido ao fato de que ele era um canalha de marca maior.

Eu precisava conversar com Xander e Gabby separadamente para descobrir direito qual era a história deles. Talvez as coisas não fossem tão ruins quanto pareciam. Talvez não estivessem mesmo noivos. Talvez Gabby o tivesse contratado para fazer uma brincadeira de primeiro de abril. Tá, não era primeiro de abril, mas Gabby tinha um senso de humor estranho. Ela adorava pregar peças, mas sempre na hora errada. Essa história só podia ser uma piada. Eu a repreenderia por isso, mas depois tudo ficaria bem. Riríamos disso. E ela não ficaria chateada se descobrisse que eu havia passado o final de semana anterior num quarto de hotel com Xander. Tentei ignorar o fato de que aquela era uma peça bem impossível de pregar, considerando que ela não sabia que eu tinha dormido com Xander. Esfreguei a testa e me joguei na cama. Eu estava certa de que não era uma piada. Tinha bastante certeza de que eu estava no meio de uma situação horrível e não fazia ideia de como sair dela. Eu não sabia o que dizer a Gabby, ou mesmo se deveria contar qualquer coisa. Quer dizer, ela não ficaria magoada se não soubesse, certo?

Ela não precisava saber que eu havia cavalgado Xander como se galopasse no lombo de um garanhão pelos campos no pôr do sol. Ela não precisava saber que eu tinha estapeado o bumbum dele repetidas vezes, até ver marcas vermelhas na pele. Ela não precisava saber que ele havia me chamado de vaqueira sexy e que eu havia usado um sotaque caipira para pedir que ele me comesse com mais força. Meu rosto enrubescia só de pensar naquela noite. Fui ao banheiro depressa para lavar o rosto com água fria. Eu não queria pensar nas coisas que ele havia feito comigo. Ou no que eu tinha feito com os cubos de gelo que foram entregues ao quarto junto com as garrafas d'água que pedimos às três da manhã. Observando meu reflexo no espelho, vi a vergonha em meus olhos quando pensei no fato de que eu havia chupado as bolas do noivo da minha irmã e, ainda por cima, gostado. De jeito nenhum eu contaria a ela sobre isso.

Eu não fiquei surpresa ao ouvir a batida na porta. Podia haver quantas pessoas fossem do outro lado, eu não queria falar com nenhuma delas. Só queria telefonar para Alice e contar o que tinha acontecido. Ela saberia o que eu deveria fazer. Poderia me aconselhar e dizer que tudo ficaria bem. Só que eu sabia que tudo não ia ficar bem, e sabia o que tinha que fazer. Havia apenas uma solução. Não fazer nada. Eu deveria fingir que não o conhecia. Era isso que eu deveria fazer.

Toc-toc.

A pessoa bateu mais forte, e meu estômago revirou de medo e ansiedade. *Você chupou as bolas dele, Liv. Como é que você vai contar a Gabby?*

— Quem é?

Meu estômago revirou enquanto eu esperava uma resposta.

— O sr. Língua — ele murmurou de um jeito delicioso.

Eu imaginava a expressão divertida naqueles olhos verdes, ainda que não os pudesse ver.

— Posso entrar? — perguntou, com a voz um pouco mais alta.

Merda!, resmunguei em silêncio, embora tivesse que admitir que uma onda de excitação fez os dedos dos meus pés tremerem. Era ele quem estava do outro lado da porta e queria entrar. Era Xander. Merda, o sr. Língua tinha um nome. Um nome sexy e delicioso de ouvir, e eu estava me afogando no medo e na expectativa de falar com ele de novo.

— Liv? — chamou ele, e bateu mais uma vez.

— Sim? — perguntei, sem me mexer, e as mãos dele pressionavam a porta.

— Posso entrar?

— Para quê? — perguntei, engolindo em seco.

Eu não sabia bem se confiava em qualquer um de nós dois sozinhos num quarto. Não depois da última vez que nos vimos num lugar privado. Merda, nós nem mesmo precisávamos de um quarto com privacidade para botar pra quebrar. Eu estava disposta a ser a vaqueira sexy dele em qualquer lugar.

— Podemos ter esta conversa no seu quarto, e não pela porta? — pediu ele, rindo. — A não ser que você prefira que eu diga o que tenho a dizer sobre o aconteceu no casamento pela p...

— Entre — falei, abrindo a porta de uma vez e puxando o braço dele para o quarto. — O que você pensa que está fazendo? — perguntei, fuzilando-o com o olhar.

— Fazendo você abrir a porta do seu quarto — disse ele com um sorriso largo, e seus olhos estavam tão alegres quanto eu imaginei.

— Por que você quer entrar no meu quarto? — indaguei, fuzilando com o olhar mais uma vez, e fechei a porta depressa. — Isto é muito inapropriado.

Meu rosto estava vermelho enquanto eu o encarava com as mãos na cintura. Por que ele tinha que ser tão gato? Por que ele tinha que fazer borboletas dançarem no meu estômago? Seus olhos verdes estavam escuros e vívidos, lembrando-me de uma floresta no crepúsculo, cheia de segredos e prazeres assustadores. Eu sabia que não deveria me aventurar a explorar as profundezas ocultas que me acenavam, mas eu não conseguia me impedir de continuar explorando.

— Achei que deveríamos conversar.

Ele passou as mãos pelos cabelos perfeitos e sedosos, e meus olhos seguiram a ponta dos seus dedos, que deslizavam para frente e para trás. O movimento me lembrou outros lugares que aqueles dedos acariciaram, e um calor tentador se espalhou pelo meu estômago.

— Você acha? — retruquei, olhando-o com olhos arregalados e irritados. Eu queria que ele visse que eu não tinha levado numa boa o que ele havia feito.

— Eu sei que a situação é um tanto esquisita — disse ele com um sorriso.

Que imbecil e irritante! Como ele podia sorrir?

— Você acha? — repeti.

— Mas acho que podemos dar um jeito nisso.

— Você acha? — repeti em tom sarcástico, e observei um sorriso enorme se espalhar pelo rosto dele, deixando-o ainda mais gato do que antes.

— Sim, é o que eu acho — disse ele, depois parou. — Você não sabe falar outras coisas, Liv?

— Tipo o quê? — retruquei, sarcástica. — Eu sei falar outras coisas. Coisas que você não vai querer ouvir. Algo do tipo: eu dormi com o noivo cafajeste da minha irmã e não sei o que ele está fazendo no meu quarto?

— Sei que você deve ter um monte de perguntas para me fazer.

— É, só algumas — declarei com a voz mais alta, e balancei a cabeça enquanto o cutucava no peitoral.

Jogada errada! Para que tocá-lo?

Meu dedo começou a formigar depois de entrar em contato com os músculos firmes dele.

— A primeira delas é: como você pôde dormir comigo estando comprometido? — perguntei em tom acusador, fuzilando com os olhos aquele rosto sexy.

— Não é bem o que você pensa.

— Ah, é?

— Só ficamos noivos esta semana.

— Esta semana? — repeti, de cenho franzido. — Como assim?

— Semana passada fiz algo de que me arrependo — disse ele, com os olhos penetrando os meus. — E aconteceu uma coisa que me fez perceber que era hora de amadurecer.

— Semana passada você fez algo de que se arrepende? — repeti com o rosto ruborizando. — Quer dizer, *eu*?

Fuzilei-o com os olhos, e meu estômago revirou. Ele se arrependia de ter dormido comigo? Eu me senti enojada ao ouvir essas palavras.

— Sim, você foi uma das coisas que eu fiz semana passada — disse ele, sorrindo. — Mas não é disso que estou falando. — Ele se inclinou para frente e lambeu os lábios. — Nunca vou me arrepender de nada daquele dia.

— Você é um cachorro — rosnei, balançando a cabeça, hipnotizada pelo movimento da língua dele, tão rosada e com a ponta tão fina.

Tive um arrepio só de me lembrar dela entre minhas pernas. Gemi em silêncio ao recordar a sensação de tê-la deslizando dentro de mim. Eu sei, sou uma pessoa horrível. Deveria ter gritado com ele ou esbofeteá-lo, mas, em vez disso, eu estava lembrando cada detalhe vívido da voracidade e delicadeza daquela língua. Eu estava ficando molhada só de lembrar quanto prazer aquela língua aparentemente inocente havia me dado. Eu esperava que a umidade me refrescasse no inferno, porque meu destino só podia ser aquelas chamas ferozes.

— Eu não ladro — provocou ele, e por um segundo pensei que ele fosse me beijar.

— Tem certeza?

Lambi os lábios secos e dei um passo atrás.

— Está nervosa, Liv?

Ele levantou uma das sobrancelhas e deu mais um passo em minha direção.

— Pare de dizer meu nome desse jeito.

— Que jeito, Liv?

— Como se você fosse um conquistador espanhol e eu fosse a missão que você quer cumprir.

— Mas eu já a possuí — falou ele, sorrindo. — A conquista já foi feita. Pronto. — Ele se afastou e olhou ao redor do quarto. — Legal

— comentou, apontando com a cabeça para o pôster do Backstreet Boys acima da cama.

— Todo mundo que eu conheço tem um pôster do Backstreet Boys — resmunguei.

— É mesmo?

Ele olhou para mim, surpreso.

— Todo mundo que você conhece ainda tem um pôster de uma boy band na parede? — sugeriu ele, meneando as sobrancelhas, e eu respondi com uma careta.

— Claro que hoje em dia, não. Este é meu quarto de infância. É aqui que eu dormia na adolescência. Eu não moro mais aqui. Tenho meu apartamento, e não há pôsteres do Backstreet Boys lá — declarei, na defensiva.

— Você está exagerando um pouquinho na explicação. — retrucou ele, rindo. — Tem certeza de que é verdade?

— É claro. Tenho muita certeza de que sei o que está pendurado na parede do meu quarto.

Virei o rosto para o outro lado, esperando que não ele não visse o rubor no meu rosto. No meu quarto havia um caderno de recortes com algumas fotos do Matthew McConaughey que eu tinha recortado de revistas de fofoca. E não eram dos meus tempos de adolescência. Eram do caderno de recortes do nosso futuro marido, que Alice e eu fizemos na faculdade. Matthew McConaughey era o homem dos meus sonhos. Ele era perfeito: másculo, gato, tinha um sotaque sexy do interior e adorava a mãe. Se ele não fosse casado, eu pegaria um avião para o Texas ou para a Califórnia e faria tudo o que pudesse para conhecê-lo.

— Liv? — chamou Xander, com a voz hesitante — Está tudo bem?

— Sim, por quê?

Eu me virei para olhá-lo, e seus olhos me encaravam curiosos.

— Você parecia tão absorta que eu me perguntei o que poderia ter ocupado seus pensamentos. Tem certeza de que não está sonhando acordada com Justin Timberlake?

— Justin Timberlake era do 'N Sync, não do Backstreet Boys — expliquei, revirando os olhos, e ri.

— Pergunte-me se eu me importo.

— Não falei que você se importava. Só o corrigi porque você falou uma informação errada. Hum — resmunguei, balançando a cabeça, frustrada. — O que você quer, Xander? Já estou ficando irritada.

— Você. De novo. Na sua cama. Debaixo do seu pôster do Backstreet Boys gritando meu nome e cantando "Quit playing games with my heart".

— Ah — murmurei, boquiaberta diante de tamanha presunção e do fato de que ele sabia o nome de uma música de uma boy band.

— O gato comeu sua língua?

— Você tem cinco segundos para me contar o que você realmente quer, e depois eu sugiro que saia do meu quarto. Estou a um passo de contar sobre você para minha irmã, seu canalha.

— Contar o que para sua irmã sobre mim? — retrucou ele, rindo. — Que você me conheceu num casamento semana passada e depois transou comigo na igreja?

— Nós não transamos na igreja — protestei. — Nós, nós... — tentei, atrapalhada, sem saber direito o que dizer. — Você é um canalha.

— Você já disse isso. — Ele sorriu. — E tem razão, nós não transamos na igreja. Bem, não tecnicamente. Não se com isso você queira dizer meu pau na sua...

— Xander — interrompi, com o rosto oficialmente vermelho como um carro de bombeiros.

Eu poderia estar num daqueles livros infantis que ensinam as cores às crianças. Ao pensarem em vermelho sangue, todos se lembrarão da cor do meu rosto durante essa conversa com Xander, dono de uma língua milagrosa e um babaca.

— Sim? — disse ele, rindo. — Só estou concordando com você. Tecnicamente, minha língua dentro de você não configura o ato de fornicar. Se bem que o que fizemos na igreja é uma forma de sexo, certo? Se você estiver absolutamente correta, acredito que sexo oral também é sexo, mas não sei se estamos sendo exatos do ponto de vista técnico.

Seus olhos me zombavam quando ele continuou:

— Então, sim, você está certa ao dizer que não transamos na igreja. Embora não tenha sido completo, foi o tipo de sexo que poderíamos fazer num filme pornô. Mas fizemos, sim, aquele quase sexo em que fiquei com a boca entre suas pernas e fiz você gozar, e depois, no meu quarto do hotel, fizemos sexo de filme pornô com tudo a que se tem direito. — Ele parou. — Isso te faz sentir melhor?

— Não, isso não me faz sentir melhor — admiti, agarrei-o pelos braços e o afastei da porta, aproximando-o da cama. — E fale baixo. E se alguém ouvir?

— Seria um problema? — retrucou ele, levantando a cabeça.

— O que você acha?

— Nós não vamos discutir isso de novo, não é? — Ele pegou minhas mãos e as levou até o rosto. — Você precisa cortar as unhas.

Analisou-as por alguns segundos, e eu puxei minhas mãos de volta.

— O quê? — perguntei, de cenho franzido, distraída pelo comentário dele. — Do que está falando?

— Só estava dizendo que você precisa ir à manicure — respondeu ele, dando de ombros. — Suas unhas estão mais longas, e o esmalte está descascando.

— Está de sacanagem comigo, né? — resmunguei, boquiaberta. — Você é o mais insuportável de todos os...

— Canalhas, eu sei. — Ele terminou a frase por mim.

— Não, eu ia dizer cuzão — falei, estreitando os olhos ao encarar o sorriso indiferente em seu rosto. — Você é um idiota.

— Isso me dá uma ideia.

Ele sorriu, me agarrou pela cintura e me puxou para perto.

— Com licença, o que você acha que está fazendo?

— Me reaproximando de você — respondeu, rindo, enquanto analisava meu rosto. Seus lábios estavam perigosamente próximos dos meus quando seus dedos deslizaram para meu bumbum.

— Ei — repreendi-o, dando um salto para trás. — O que pensa que está fazendo?

— Bem, estava pegando na sua bunda porque você me deu uma ideia — disse ele, sua voz adquirindo um tom sedutoramente baixo.

— Que ideia?

Engoli em seco e então meu queixo caiu.

— Acha que vou fazer sexo anal com você? No dia em que descobri que você está noivo da minha irmã? Está louco? Você achou mesmo que eu ia deixar...

— Liv — interrompeu-me, seus lábios tremendo.

— O quê?

— Eu só queria sentir sua bunda para ver se era tão gostosa quanto eu me lembrava — disse ele, piscando para mim. — Não estava pedindo para tirar a virgindade da sua porta de trás.

— Você... peraí, o quê? — cuspi, meu coração acelerado.

Como foi que a conversa voltou a girar em torno de sexo? Ah, por que ele estava me provocando e me deixando tão excitada e incomodada ao mesmo tempo? Ele era o pior tipo de homem possível e, no entanto, incrivelmente, eu estava com muito tesão.

— Bem, não vamos nos desviar do que importa.

— Sinto muito, mas não vim ao seu quarto para transar — anunciou ele, balançando a cabeça para mim.

— Como assim? — retruquei, olhando confusa para ele. — Nunca falei...

— Eu vim porque queria explicar que esta é uma situação delicada. Eu não estava comprometido quando fizemos amor. E também não estava planejando ficar noivo. Mas sua irmã e eu decidimos nos casar. — Ele analisou meu rosto por alguns segundos. — Eu não esperava ver você de novo — disse, e a expressão em seu rosto se suavizou quando ele me olhou. — Você tornou tudo isso muito difícil.

— O que eu dificultei?

— Esse acordo entre mim e sua irmã... — Ele hesitou. — É delicado. Não é por amor.

— Então o que é?

Toc-toc.

— Liv? — chamou Gabby com voz suave. — Posso entrar?

— Só um segundo — respondi, esperando que minha voz não transparecesse o pânico que senti. — Vá para debaixo da cama. — Empurrei Xander. — Agora.

— Tudo bem — disse ele, franzindo o cenho ao se ajoelhar e escorregar para debaixo da cama.

— Liv? — chamou Gabby mais alto. — Posso entrar?

— Só um segundo — gritei, e esperei Xander esconder as pernas e os pés. Fui até a porta e a abri com um grande sorriso. — E aí?

— Posso entrar? — pediu Gabby, parecendo hesitante, o que me deixou surpresa. Minha irmã nunca hesitava. Ela era bonita, segura de si e sempre tinha o que queria. Como meu sr. Língua.

— Hum, o que você quer? — perguntei.

Ah, meu Deus, eu nem a olhava nos olhos. Era preciso fazer contato visual, mas eu não conseguia. Estava muito envergonhada. Ai, o que eu faria?

— Posso entrar? Não quero que ninguém ouça. — Ela forçou a entrada e fechou a porta. — O que você achou de Xander?

— Ãhn? — resmunguei com o rosto quente. — Por que está perguntando isso?

— Só queria sua opinião — suspirou ela. — Você sabe ler os caras.

— Eu... hum... acho que sim — falei, chocada. Desde quando ela achava que eu sabia ler os caras? Desde quando Gabby queria minha opinião?

— Não conheço Xander há muito tempo.

— Ah, é?

Mordi o lábio inferior na vontade de saber mais, mas não quis perguntar porque não queria que Xander achasse que eu me importava em saber do relacionamento deles.

— Eu sei, é complicado, mas quando me pediu não pude dizer não — disse ela de um fôlego só.

— Há quanto tempo você o conhece? — perguntei suavemente.

— Eu... não importa — suspirou ela. — A questão é que vamos nos casar.

— Quer dizer, se você o ama... — Dei de ombros. — Siga o coração.

— Estou grávida, Liv — revelou ela, e meu rosto ficou sem cor. — Vamos nos casar porque estou grávida.

2

— Mentira! — Exclamei, em choque, depois de recuperar o fôlego.

— Pois é — disse ela, sentando-se na minha cama, e então ouvi um lamento. — Quem diria que eu teria que me casar às pressas?

— Eu não — retruquei com o coração acelerado.

Ah, meu Deus, minha irmã está grávida do sr. Língua e nós vamos participar do programa "Casos de Família" semana que vem. Eu precisava ligar para Alice de uma vez. Precisava contar a alguém o que estava acontecendo. O homem com quem eu havia dormido na semana anterior iria ter um filho com minha irmã. Que merda! Dormi com o pai da minha futura sobrinha ou sobrinho. O que isso fazia de mim? Jezebel ou alguém do tipo?

— Não o conheço muito bem — lamentou ela. — Será que estou cometendo um erro ao me casar com ele?

— Acabei de conhecê-lo, Gabby. Não sei o que dizer.

Eu queria gritar: não se case com ele, não se case com ele. Era óbvio que ele era um grande imbecil, que não conseguia manter as calças fechadas. Mas ele se tornaria pai do filho da minha irmã, e eu não sabia o que dizer. Eu queria mesmo arruinar a família deles antes mesmo de a criança nascer?

— Quando ele pediu você em casamento? — perguntei em tom suave. Se tivesse sido antes de termos dormido juntos, eu contaria; mas, se tivesse sido depois, não.

— Há dois dias — respondeu ela, então me ofereceu um pequeno sorriso e mostrou os dedos. — Gostou da aliança?

— É grande — comentei, sem saber o que mais dizer. A aliança era linda. Do tipo que eu gostaria de receber quando ficasse noiva. Se isso um dia acontecesse.

— Era da avó dele — murmurou ela, contemplando a aliança. — Mas não vou ficar com esta aliança. Ele vai me levar à Tiffany's e vai me deixar escolher outra.

— Você não gosta dessa? — indaguei, de cenho franzido. — É linda e faz parte da família dele. Isso significa alguma coisa, Gabby.

— Não quero uma aliança de segunda mão.

Ela se levantou num pulo e fez uma cara de desgosto.

— Você não pode encará-la como se fosse de segunda mão.

— Quero minha própria aliança. Já vi a que quero: é de platina com um diamante de cinco quilates e lapidação princesa; custa uns trinta mil dólares.

— Gabby! — exclamei, chocada. — É muito dinheiro.

— E daí? Ele pode pagar.

— Ah, Gabby — suspirei. — Posso perguntar uma coisa?

— Claro, o quê?

— Você o ama?

— Se eu o amo? — Ela me olhou como se eu fosse louca. — Ah, Liv, você precisa tirar essa sua cabecinha das nuvens. As pessoas não se casam mais só porque estão apaixonadas. Elas se casam porque faz sentido. Porque é melhor do que ser solteiro. Os impostos são reduzidos, e recebemos todo o tipo de benefícios se nos casarmos.

— Então você não o ama?

— Amo o fato de ele ser milionário. Amo o fato de que ele é um gato. Amo o fato de ele ter me pedido em casamento — enumerou ela, e deu de ombros. — Parece suficiente para mim.

— Se está me perguntando o que eu acho, você não tem tanta certeza assim.

— Não sei nem por que estou aqui — suspirou ela. — Acho que são os hormônios. — Ela fez uma careta. — É um saco estar grávida.

— Mamãe e papai sabem?

— Claro que não — respondeu em tom zombeteiro. — Não vou dizer a eles que engravidei. — Ela me encarou com atenção. — E é melhor você também não falar nada.

— Eu não estava planejando falar nada.

Acredite, querida irmã. Não quero ter nada a ver com seu acordo sórdido. De repente, não me senti tão mal por Gabby. Aliás, eu me senti mal por mim mesma. Eu era a parte inocente da história.

— Eu sei que você sempre sentiu inveja de mim, Liv — disse Gabby, afofando os cabelos e me olhando com uma expressão triste. — Mas espero que você supere esses sentimentos. Somos adultas.

— Do que está falando? — perguntei, balançando a cabeça, aborrecida. — Não estou com ciúmes de você. Por que eu me sentiria assim?

— Eu tenho um bom emprego. Uma casa própria. Sou bonita. E agora estou grávida e vou me casar com um milionário.

— E daí?

— Bem, você tem um empreguinho qualquer que paga quanto? Dez dólares a hora?

— Ganho trinta mil dólares por ano — retruquei, fuzilando-a com o olhar.

— E você tem uma colega de quarto.

— Eu divido um apartamento com minha melhor amiga, não com uma pessoa qualquer.

— E, bem, você sempre invejou meus cabelos loiros naturais.

— Isso é uma piada? — Olhei ao redor. — Estou participando de alguma pegadinha da TV? — Fiquei boquiaberta ao perceber que ela agia como a Gabby da qual me lembro dos meus anos de adolescência.

— Do que está falando? — indagou ela, sem entender. — De qualquer forma, Liv, eu queria dizer que gostaria que superássemos o que quer que nos manteve distantes todos esses anos. Você vai ser tia.

— E daí? — retruquei, coçando a cabeça.

— E daí que você precisa ser mais responsável.

— O que o fato de você ter filho tem a ver comigo?

— Não quero que você seja uma má influência para meu...

— Gabby, acho que você devia sair do meu quarto agora — sentenciei. Marchei até a porta, abri e olhei para minha irmã. — Não vou ser responsável pelo que vou dizer se você não sair daqui.

— Liv, não fique assim. Eu só estava tentando dizer que...

— Sinceramente, Gabby, não me importo — falei, balançando a cabeça. — Só quero ficar sozinha.

— Tudo bem — disse ela, ofendida, enquanto saía do quarto. — Eu só queria que você ficasse feliz por mim.

— Estou muito feliz por você, Gabby.

— Que bom. — Ela sorriu para mim. — E, se você jogar as cartas certas, talvez vá te arranjar com Henry.

— Henry, o irmão de Xander? — perguntei com os olhos arregalados.

— Sim — confirmou ela, sorrindo. — Ele é um gato e... Bem, não seria o máximo se nós nos casássemos com dois irmãos?

— Nossa, muito legal.

Abri um sorriso amarelo. *Aí vamos nós, Casos de Família*. Lamentei em silêncio. Não havia a menor possibilidade de eu me envolver com Henry. Isso era algo bizarro e nojento.

— Tenho quase certeza de que ele é solteiro.

— Que bom — falei, e depois suspirei. — Hum, conversamos mais tarde, tá bem?

— Tudo bem — disse ela, assentindo. — E não conte à mamãe e ao papai sobre o bebê, viu?

— Tudo bem — respondi, e fechei a porta.

Meu coração acelerou enquanto permaneci de pé tentando digerir aquilo tudo. Vi Xander se contorcer, saindo de baixo da cama, e se levantar.

— E então? — perguntou ele, me olhando cheio de expectativa.

— Então o quê?

— Agora você sabe por que vamos nos casar.

— Não acredito que você quer se casar com ela depois de ouvir isso tudo?

— Por quê? — indagou ele, de cenho franzido.

— Ela está dando o golpe da barriga — esclareci com uma cara horrorizada. — E Deus me perdoe por dizer isso sobre minha irmã.

— Ela esconde os objetivos dela — disse ele, dando de ombros.

— Você não vê problema nisso?

— Gabby e eu não mentimos um para o outro sobre nada. Sabemos do que se trata nossa relação.

— Então ela sabe que você dormiu comigo?

— Não — respondeu ele, estreitando os olhos. — Mas eu não sabia quem você era até uma hora atrás.

— Vai contar a ela, agora que você sabe?

— Não, é claro que não. — Ele hesitou. — Isso traria complicações desnecessárias.

— Porque não tem nada complicado agora, né?

— Bem, na verdade, não — disse ele, e espanou um pedaço de algodão que havia grudado no jeans. — Nada está realmente complicado agora. Mas as coisas poderiam ficar bem complicadas se você ainda quiser dormir comigo; e eu acho que você quer — declarou, olhando meus seios.

— Você o quê?

Fiquei impressionada com a ousadia do comentário. Esse cara estava falando sério? Olhei o sorriso em seu rosto másculo e tentei ignorar o quão sexy ele estava. *Ele é um idiota, Liv. Não é um Deus grego sexy e dono de uma língua milagrosa. Ah, eu sentiria saudades daquela língua. Não, pare, Liv, você precisa esquecê-la.* Gemi.

— Algo errado? — perguntou ele em tom suave.

— Não — respondi, brusca, e encarei-o.

— Você ainda me deseja, não é? — Os olhos dele dançavam.

— Não — declarei, inflexível.

— Tudo bem, se é o que diz. Mas acho que está mentindo — retrucou ele, então sorriu e lambeu os lábios novamente. Dessa vez ficou com a língua um pouco para fora como se quisesse me provocar ainda mais. — Dizem que sou convencido — comentou depois de alguns segundos.

— Quem, você? — retruquei, fingindo estar chocada. — Quem pensaria isso de você?

— Está rindo de mim? — Seus olhos eram leves ao analisarem meu rosto.

— Parece que estou rindo? Você está ouvindo o som de uma risada saindo da minha boca e chegando aos seus ouvidos?

— Você se acha engraçada, não é? — disse ele, e deu um passo em direção a mim.

— Não sou comediante e não tenho vontade de ser, então, não, na verdade, não.

— Então está tentando dizer que não acha que sou convencido?

Ele inclinou a cabeça e sorriu para mim. Eu não queria retribuir o olhar. Quer dizer, quem resiste a um gato daqueles com um sorriso fofo e provocante? Seus olhos verdes brilhavam, travessos, quando ele me questionou. O clima era leve e bobo, e eu queria muito que estivesse sombrio e pesado. Eu não queria gostar de Xander. Eu tinha todos os motivos para não gostar dele, mas estava achando muito difícil detestá-lo, com ele tão perto de mim.

— O que você quer de mim, Xander? Como eu já falei, isso é muito inapropriado.

— Por quê? — Ele deu mais um passo à frente e, dessa vez, senti sua coxa roçando na minha.

— Você está noivo da minha irmã.

— Sim, mas nós não nos amamos.

— Então não vai se casar com ela? — perguntei em tom suave e esperançoso. Eu sabia que era errado esperar que ele dissesse que romperia o noivado. — Vai cancelar o casamento?

— Por que eu faria isso? — replicou ele, então envolveu minha cintura com os braços e me puxou para perto. Senti sua ereção pressionando minha barriga.

— É sério que você está excitado agora? — indaguei, chocada.

Ele me deu um sorriso perverso e não respondeu. Seus olhos riam para os meus, e ele pegou minha mão.

— O que está fazendo? — murmurei, com o coração batendo cada vez mais rápido por causa da proximidade entre nós.

— Respondendo sua pergunta.

— Que pergunta? — Meu cérebro estava entorpecido.

— Esta. — Ele pegou minha mão, colocou-a em sua virilha e apertou meus dedos de modo a me fazer agarrar sua ereção.

— O que está fazendo? — Ofeguei quando meus dedos envolveram a grossa masculinidade.

— Você me perguntou se eu estava excitado, e pensei que mostrar era melhor do que dizer.

Ele piscou para mim, e eu puxei minha mão depressa. Lampejos do pau dele na minha boca e nas mãos pipocaram na minha mente. Nós nos olhamos por alguns segundos, e percebi que estava muito encrencada. Eu ainda desejava aquele homem, e ele me desejava, e eu não fazia ideia do que faria quanto a isso.

— É melhor você ir embora — declarei, sem olhar para ele, mas para minha cama. Tudo o que eu queria era me enfiar debaixo das cobertas e me lamentar.

— Nossa conversa ainda não terminou — disse ele, balançando a cabeça.

— Não há nada mais a dizer, Xander — argumentei, e respirei fundo. — Vou ficar de boca fechada, mas só porque não quero ter que contar exatamente o que aconteceu entre nós.

— Você não quer nem saber sobre meu envolvimento com Gabby?

— Não, por que eu ia querer saber sobre você e Gabby?

Uma dor aguda retorceu meu estômago só de imaginá-los juntos. Minha cabeça começou a latejar, e percebi que estava com ciúmes. E não sabia nem o motivo. Eu não tinha achado que o veria de novo. Quer disso, em parte isso era verdade. Eu não pensara em vê-lo mais uma vez, mas tinha sonhado acordada com ele a semana toda. Eu meio que tinha esperado que ele fosse atrás de mim, sabe, como num filme romântico. Ele perguntaria às pessoas do casamento sobre a garota bonita de vestido rosa-claro e descobriria quem eu era e iria atrás de mim. Mas não seria como num filme do maior stalker de todos os tempos. Ele não ficaria obcecado por mim, me perseguiria e depois me mataria. Estou falando de uma cena bem fofa de um filme romântico. Ele me encontraria e faria uma serenata com um toca-fitas, lembra deles? E me daria um buquê de flores e me diria que a noite que passamos no hotel foi a melhor de sua vida e que ele não conseguiu me tirar da cabeça. Então, sim, embora eu não esperasse vê-lo de novo, no fundo esperava que me encontrasse. Quando o vi na sala de estar, por um breve segundo pensei que talvez meus sonhos tivessem virado realidade, mas é claro que não era isso. Porque é assim que acontece na minha vida. Eu nunca conheci homens românticos. Nunca conheci homens que quisessem me cortejar e me arrebatar. Eu nunca conheci os Príncipes Encantados deste mundo. Sempre conhecia os caras toscos que fingiam ser o Príncipe Encantado, até que você descobre o quanto eles são podres e quer se estapear mil vezes por ter achado que eles tinham mais a oferecer.

— Está me ouvindo, Liv? — A voz de Xander interrompeu meus pensamentos, e eu olhei para ele com um sorriso desanimado.

— Não, me desculpe — falei, e tentei abrir um sorriso melhor.

— Você parece preocupada — disse ele, franzindo o cenho, e tenho que admitir que meu coração pulou de alegria por um instante. Sim, eu sei que sou um pouco imatura, mas fiquei feliz por ele saber que não iria devorar meus pensamentos. Quer dizer, ele iria, mas tenho certeza de que pensou que eu estivesse preocupada por outro motivo.

— O que está pensando? — perguntou em tom suave. — É por minha causa?

E, então, uma vez que eu estava magoada e queria ver se conseguia fazê-lo sentir ciúmes, disse a única coisa que veio à mente para tentar irritá-lo.

— Ah, não — falei com a voz doce. — Eu estava pensando em Henry. — Olhei para baixo com um sorriso acanhado e falso. — Gabby comentou que, além de solteiro, ele é um cara legal, e eu estava pensando que talvez devesse conhecê-lo melhor.

— Você o quê? — retrucou ele, estreitando os olhos, e meu coração pulou de alegria quando percebi a desaprovação no rosto dele. — Meu irmão, Henry?

— Sim — respondi, e me insinuei com os seios. *Veja o que está perdendo, meu caro.* — Isso não seria um problema, seria? — Lambi os lábios devagar e sorri. — Afinal, você está com minha irmã.

Ele permaneceu parado por alguns segundos, com os olhos procurando os meus, e então saiu do quarto sem dizer palavra. *Um ponto para mim!*, pensei, olhando a porta aberta. Fiquei ali por uns instantes e suspirei. Minha vitória pareceu muito vazia. Eu não consertei nada. Meu romance de festa de casamento. Meu sr. Língua estava noivo da minha irmã grávida. E ela, ainda por cima, acha que é melhor do que eu. E tudo o que eu pensava era no quão rápido eu poderia sair da casa e fugir de todos eles. Tive medo do que aconteceria se eu ficasse. Ainda sentia a ereção dele nas mãos. Ele era um idiota de marca maior. Como pôde dar em cima de mim, mesmo sendo noivo da minha irmã? E como pude gostar disso? O que havia de errado comigo? Eu era uma destruidora de lares... Bem, em breve me tornaria uma destruidora de lares. Eu era uma daquelas mulheres que Alice e eu odiávamos. Uma daquelas mulheres que não se importavam com o fato de o cara ser comprometido. Tudo bem, eu não sabia que ele era comprometido quando o conheci. A primeira noite de sexo não foi culpa minha. Mas e se acontecesse de novo? Se eu ficasse com ele, me tornaria a maior vadia deste lado do Atlântico. Meu cérebro gritava comigo por ter até mesmo pensado que isso poderia acontecer, mas eu sabia que Xander me deixava vulnerável. Muito, muito vulnerável. Foi nesse momento que eu percebi que estava muito longe de ser uma vencedora. E eu sabia que não poderia ficar numa boa e esperar algo acontecer. Eu não poderia acordar com ele ao lado na cama novamente. Não seria certo. Eu teria que formular um plano.

3

— Sua cachorra — Alice gritou de alegria, quando terminei de contar sobre o encontro com Xander no meu quarto, inclusive sobre quando ele ficou bem pertinho de mim e pegou minha mão.

— Eu, não — retruquei. — Ele é que é. É ele que anda traindo. Ele...

— Não me leve a mal. Ele certamente é um cachorro — concordou Alice. — Talvez ele seja um rottweiler... ou melhor, que cachorro é maior do que um rottweiler? Talvez um são-bernardo? É maior?

— E daí se um são-bernardo for maior?

— O cachorro de *Beethoven*, que raça era aquela?

— Alice, não faço ideia — falei, um pouco exasperada demais. — Mas não me importo. Tenho questões mais importantes a discutir. Como o que fazer.

— É por isso que você é uma cachorra — comentou ela, rindo.

— Como assim? — perguntei, de cenho franzido junto ao telefone, irritada com Alice. Será que ela não percebia a gravidade da situação?

— Quer dizer, você está me perguntando o que fazer. Como é que você está perguntando isso? Como boa irmã, você sabe. Não há dúvidas sobre isso.

— Então eu devo contar para Gabby?

— Não, você não devia contar para Gabby. Sei lá — disse Alice, e suspirou. — Essa situação é esquisita. Normalmente eu diria que sim, mas ela está grávida, e isso parece errado.

— Eu sei. A gravidez dificulta tudo.

— Ah, meu Deus, acabei de pensar uma coisa — falou Alice, com a voz um tanto exacerbada, então me sentei com o coração batendo forte.

— Ai, o que é, Alice? — perguntei, num lamento. — E, por favor, não me diga que você também dormiu com ele. Acho que não consigo lidar com mais uma surpresa desse tipo.

— Não — negou ela, rindo. — E se você estivesse grávida também? E se ele engravidasse vocês duas? Não seria uma loucura? — Ela parecia animada.

— Alice, eu nem consideraria algo desse tipo. Além do mais, ele usou camisinha.

— Camisinhas podem falhar.

— Achei que você fosse me consolar — reclamei em tom choroso. — Mas está fazendo com que me sinta pior ainda.

— Sabe o que eu queria? — disse Alice, sem nem mesmo ouvir o que eu tinha dito.

— O quê? — indaguei num suspiro, sabendo que ela contaria, querendo eu ou não.

— Eu queria que você tivesse transado com Luke — sugeriu ela, mencionando o ex-namorado que ambas odiávamos; eu o odiava ainda mais, uma vez que eu havia transado com Xander no casamento dele. — Imagine o que Joanna diria se descobrisse que Luke engravidou você no casamento. Seria impagável! Eu pagaria um bom dinheiro para ver isso.

— Quanto? Dez dólares? — retruquei, sarcástica.

— Não, pagaria mil dólares — declarou ela em tom sério. — Sim, eu pegaria dinheiro da poupança só para presenciar isso.

— Você é doente, sabia? Muito, muito doente.

— Eu sei — admitiu, rindo, depois suspirou profundamente. — Sou podre, e você me adora por isso.

— Sorte sua que eu amo você, ou então já teria desligado o telefone.

Balancei a cabeça, sorrindo de leve ao pensar que alguém deixou Joanna de joelhos. Mesmo que essa pessoa hipotética fosse eu e que, na verdade, isso não aconteceu.

— Eu sei, me desculpe — disse ela, e suspirou. — Estou impressionada com sua história. Não sei nem o que dizer. Para onde foram todos os homens bons deste mundo?

— Quisera eu saber — lamentei. — Talvez sejam todos gays.

— Metade é gay — disse Alice. — E um quarto deles é casado.

— Então cadê o outro quarto?

— Se eu soubesse, não estaria aqui ao telefone com você — garantiu ela, rindo. — Estaria no banco de trás de uma limusine transando até ficar dolorida.

— Limusine? — perguntei, dando uma risadinha. — Por que uma limusine?

— Porque, se esperei tanto para encontrar um cara especial, é melhor que ele seja lindo e rico pra caramba, para compensar toda a minha lamúria.

— Xander é rico. — Não sei por que mencionei, mas pareceu apropriado ao momento.

— Que vaca sortuda!

— A vaca sortuda não sou eu exatamente, porque ele não é meu. Gabby é que é a vaca sortuda.

— Não — disse Alice, simplesmente. — Ela é só uma vaca.

— Alice.

— Você sabe que é verdade — insistiu ela, e aumentou o tom da voz. — Sei que ela é sua irmã e que você a ama e blá-blá-blá, mas ela ainda é uma piranha, uma p-i-r-a-n-h-a, e piranha é o nome dela.

— Alice — falei, rindo. — Você é péssima.

— Eu sei, nasci assim. Minha mãe deve ter me dado à luz na lua cheia ou algo do tipo.

— É, pode ser.

— Você vai voltar para casa amanhã, então?

— Não — respondi. — Meus pais têm toda uma programação para o fim de semana.

— Que chato.

— Você sabe que eles adoram essas palhaçadas.

— Algum dos seus irmãos vai estar aí? — perguntou Alice em tom inocente, e eu sorri para mim mesma.

— Sim, todos eles. Vai ser uma grande reunião de família. Eu, Gabby, Scott, Chett e Aiden. Além de Xander, o irmão, Henry, e meus pais. — Respirei fundo antes de acrescentar: — Vamos ser uma grande família.

— Parece divertido — comentou Alice com a voz melancólica, por ser filha única de pais que adoravam viajar pelo mundo.

— Você sabe que está mais do que convidada a vir amanhã de manhã para ficar o fim de semana, né? — falei, na intenção de que ela soubesse que eu a queria ali, não de que ela achasse que era um convite de última hora, por pena.

— Não, não posso interferir. É o grande final de semana de Gabby.

— Você precisa vir — insisti rapidamente. — Você vai ficar no meu quarto e ser minha guarda-costas. E se Xander tentar dormir comigo de novo e toda a família nos flagrar no quarto, brincando de cavalgar?

— Ah, meu Deus, então você vai dizer sim se ele tentar algo de novo.

— Não — neguei, enrubescendo por causa do deslize. — Quer dizer, é, talvez, não sei. Apenas sei que sou a personificação do mal só de pensar que isso poderia acontecer, mas é que ele é tão gato e sexy.

— E você sabe que eles não estão apaixonados.

— Pois é — suspirei. — Não que isso justifique qualquer coisa. Se eu dormisse com ele novamente, sabendo o que sei, eu seria uma piranha. Uma piranha de carteirinha. Mais piranha que Gabby.

— Verdade.

— Valeu, Alice — resmunguei, fazendo beicinho junto ao telefone.

— Desculpe, mas é verdade. Você não pode dormir com o pai do filho da sua irmã. Seria errado, e pronto.

— Eu sei.

— Seria pior que os casos do "Casos de Família".

— Nada é pior que os casos do "Casos de Família". — Achei graça do comentário, lembrando por que somos tão grandes amigas. Estávamos na mesma frequência.

— Verdade — concordou ela com uma risadinha. — Então, que horas apareço aí amanhã? — perguntou como quem não quer nada.

— Bem, todos os meus irmãos vão chegar cedo, e vamos sair para um café da manhã de panquecas.

— Adoro panqueca — disse ela, animada.

— Então venha cedo.

— Tem certeza? — indagou ela, hesitante mais uma vez. — Não quero me meter no clima familiar.

— Alice, você é da família — murmurei. — Você é minha melhor amiga, e meus pais consideram você uma terceira filha, e meus irmãos, como outra irmã.

Merda, por que eu disse que eles a viam como uma irmã? Sabia que Alice tinha uma quedinha por um deles, mas eu não estava certa de qual.

— Ah, obrigada... eu acho — disse ela, parecendo triste. — Chego aí às nove da manhã.

— Ótimo, mal vejo a hora de ver você.

— E não faça nada que eu não faria hoje à noite, hein?

— Não vou fazer nada — falei em tom suave, e olhei para a porta do quarto. — Vou para a cama e não vou sair do quarto até você chegar.

— Bobinha.

— É por isso que você me ama.

— Vou fazer as malas. Vejo você de manhã, tá?

— Tá bom. Um beijo, Alice.

Desliguei o telefone e me deitei de costas na cama, me lamentando enquanto encarava o teto. Visões de Xander pipocaram na minha mente. Onde ele estava? No que estava pensando? Será que pensava em mim? Rolei na cama e enterrei a cabeça no travesseiro. Eu precisava parar de pensar nele, ou então enlouqueceria. Sentei e decidi sair do quarto. Ainda não estava cansada, e ficar no quarto estava me fazendo pensar no que poderia fazer na cama; coisas bem safadas nas quais eu não deveria pensar. Decidi descer até a cozinha pegar um refrigerante e depois ir ao quintal e me sentar na cadeira de balanço que minha avó nos deu quando eu era criança. Eu adorava essa cadeira; ela me lembrava a infância e o quanto eu ficava feliz ao me balançar no colo do meu pai, ou mesmo no de algum dos meus irmãos, quando eles tinham tempo para mim. Tive uma infância feliz, apesar de minha irmã ter me enchido a paciência durante a maior parte da adolescência. Acho que nunca tivemos o tipo de relacionamento que eu e Alice cultivávamos, e isso me entristeceu.

* * *

— VIRE-SE E EU VOU SER aquele que você vai querer bum-bum-bum.

Inventei uma letra para a música chiclete que tocava no rádio enquanto ia para lá e para cá na cadeira de balanço no quintal da casa dos meus pais. O ar noturno era fresco, e eu estava feliz por não ser outra noite úmida e quente da Flórida.

— Tire-me daqui e nós vamos bum-bum-bum na lua-lua-lua.

Minhas risadas se entremeavam com a letra sobre uma garota que se lamentava por não ter nem um pirulito nem um namorado. Achei que minha letra era muito melhor que a da música.

— Você vai bum-bum-bum antes de ah-ah-ah — cantei, e depois dei um grito quando senti alguém tocar meu ombro. — Argh.

— Liv, sou eu. — A voz de Xander era suave atrás de mim, e meu corpo ficou tenso na mesma hora.

— Ah, oi.

Eu me virei e lhe ofereci um sorriso amarelo, ignorando seus olhos e seu peitoral. Escolhi um ponto em sua orelha e foquei os olhos ali.

— Não sabia que você cantava.

— Ãhn? O quê? — falei, de um jeito estúpido.

— Você entrou em alguma parada de sucesso?

— Como assim?

— Billboard? International? iTunes?

— O quê? — Eu estava tão confusa que meus olhos se desviaram da orelha dele e encontraram seus olhos. — Do que você está falando?

— Estou falando da sua carreira como cantora — explicou ele com um pequeno sorriso. — Você entrou em alguma parada de sucesso ou algo do tipo?

— Você é um idiota — retruquei, fuzilando-o com o olhar, enquanto ele se segurava para não rir.

— É uma pergunta sincera. Você pareceu cantar com sentimento essa letra que você inventou — comentou ele, dando risadinhas, e eu balancei a cabeça.

— Aham, tá bom. — Tentei resistir, mas acabei retribuindo o sorriso. — Sei que não sou muito afinada, mas isso não significa que eu não possa cantar.

— Não falei para você parar — disse ele, assentindo. — Sua voz é encantadora.

— Com certeza — falei, rindo. — Meus irmãos me pagavam para parar de cantar. — Abri um sorriso quando as lembranças vieram à tona. — Scott chegou a me dar vinte dólares uma vez.

— Vinte dólares? Uau! — exclamou Xander, inclinando a cabeça para trás. — Ele devia odiar mesmo ouvir você cantando.

— Acho que foi culpa da música e da situação — comentei. — Ele tinha dezoito anos e tinha trazido a primeira namorada para passar o Dia de Ação de Graças — contei, lembrando-me daquele feriado. — Eles estavam aqui no quintal conversando sobre alguma matéria que cursavam juntos, e eu cheguei aqui e comecei a cantar: "O amor é mesmo uma coisa esplêndida."

Comecei a rir mais alto.

— Você devia ter visto a cara que ele fez quando me empolguei no refrão e comecei a jogar papel picado neles.

— Papel picado? — perguntou Xander, surpreso.

— Eu não tinha pétalas de rosa — expliquei, rindo, e comecei a me balançar para frente e para trás. Se um olhar de repreensão pudesse matar, Scott teria cometido um assassinato aquela noite. Em vez disso, ele me deu vinte dólares, então até que me saí bem.

— Está vendo? Sua carreira de cantora é bem lucrativa.

— É, acho que pode-se dizer que sim — gabei-me, e suspirei enquanto me balançava. Xander não estava mais no meu campo de visão, mas eu sentia sua presença atrás de mim.

— Você devia ser uma criança muito sapeca — murmurou ele.

Parei de me balançar e voltei a olhá-lo. Dessa vez não me preocupei em esconder o sorriso ou as gargalhadas.

— Acho que ainda sou.

Levantei uma das sobrancelhas, e ele me olhou, surpreso. Percebi que estava impressionado com minhas risadas e com o fato de que eu era capaz de rir da situação em que estávamos, considerando que as coisas foram bem dramáticas antes, mas na verdade, como não rir?

— Está tudo bem? — perguntou ele, de cenho franzido, e notei que ele examinava meu rosto para tentar entender minha expressão conforme minhas gargalhadas aumentavam. Ele devia achar que eu era louca ou que estava tendo um ataque nervoso. Até que não estaria tão errado.

— Estou bem. Por quê? — perguntei, enfim me acalmando.

— Não sei, parecia que você estava surtando.

— Estou bem. Só achei seu comentário irônico, considerando a bagunça em que nos enfiamos.

— Entendo — disse ele, e torceu o lábio. — É um pouquinho incomum não é?

— É, acho que também se poderia dizer que sim.

Eu ri, e os olhos deles desceram para meus lábios e depois voltaram aos olhos. Seu olhar era intenso e penetrante, e eu perdi o fôlego enquanto nos olhávamos, os únicos sons no ar eram nossa respiração e, ao longe, um pássaro chamando seu parceiro perdido.

— O bebê não é meu — contou ele, sem fazer rodeios, me olhando.

— O quê? — perguntei de cenho franzido, com o coração acelerado. Será que era verdade?

— O bebê da sua irmã. Não é meu — reforçou ele, então desviou o olhar. — Eu não devia ter contado para você.

— Por que não?

— É complicado — suspirou, e voltou a me olhar. — Sinto muito. Eu não devia ter contado.

— Você já dormiu com Gabby? — perguntei de uma vez. Por favor, diga que não, por favor, diga que não, por favor, diga que não.

— Liv — começou ele, mas hesitou. — Eu devia entrar.

— Mas você acabou de sair.

De repente eu não queria que ele fosse embora. De repente quis que tivéssemos essa conversa. De repente me senti tonta e atordoada. Talvez, só talvez, eu não estivesse tão errada no fim das contas. Talvez eu não precisasse ir ao *Casos de Família*. Talvez eu não fosse uma piranha que apunhala os outros pelas costas.

— Liv, isso importa?

— Importa para mim. — Assenti e mordi o lábio.

— Então, não, não dormi com Gabby — disse ele em tom sério. — Mas creio que isso vai mudar quando nos casarmos.

— Você ainda vai se casar com ela? — perguntei. Meu coração pulava de alegria, mas meu estômago ainda estava na pior.

— Por que não me casaria? — replicou ele, franzindo as sobrancelhas.

— Sei lá. Talvez por causa de uma coisa simples, como o fato de que você dormiu comigo. — Minha voz morreu enquanto ele me olhava com uma expressão imperturbável.

Por que ele tinha que dificultar tanto? Por que não poderia dizer a Gabby que cometeu um erro e então me chamar para sair? Eu estaria disposta a perdoá-lo pela transgressão de ter pedido Gabby em casamento. Ele não me conhecia direito quando o fez. Mas naquele momento me conhecia. Por que ainda queria se casar com Gabby, depois que tivemos tamanha química juntos?

— E daí? — disse ele, apenas, e se virou. — Boa noite, Liv. Tenha bons sonhos, minha querida.

Não respondi. Meu rosto queimava de embaraço e vergonha.

— Tente não bum-bum-bum com luas demais — acrescentou ele com uma risadinha leve, e eu me recostei na cadeira e balancei de um lado para outro depressa, tentando esquecer a conversa.

4

— Você não precisava ter vindo às seis da manhã — falei, bocejando e abrindo a porta para Alice. — Scott, Chett e Aiden ainda não chegaram.

Eu pisquei para Alice enquanto ela me olhava radiante.

— E por que você está tão animada e arrumada? — Franzi o cenho e me inclinei na direção dela. — Está de cílios postiços? — Estreitei os olhos para analisar os cílios mais longos, mais grossos e mais escuros do que o normal. — E está de aplique? Às seis da manhã? — acrescentei, boquiaberta.

— Shh, eu só queria ficar bonita — disse ela, corando. — Volte para a cama.

— Acho que não — falei, indo para a cozinha. — Vamos tomar café e conversar?

— Tá bom — respondeu assentindo, e me seguiu. — Além do mais, vim mais cedo para te ajudar.

— Me ajudar? — perguntei, me virando para olhá-la sem acreditar. — Por acaso me acordar antes das galinhas é algum tipo de ajuda?

— Se você estivesse na cama com Xander, ele poderia sair do seu quarto antes de Gabby acordar.

— Aff, nem vem — retruquei, fazendo uma careta.

— Você não dormiu com ele, dormiu? — Foi a vez dela de parecer chocada. — Liv!

— Liv o quê? — resmunguei, revirando os olhos, e liguei a chaleira. — Não dormi com ele de novo.

Peguei duas xícaras e bocejei novamente.

— E, acredite, nem ontem nem nunca. Ele é um idiota.

— Nossa, o que ele fez?

— Como assim, o que ele fez? — Virei para o outro lado e abri a geladeira. — Leite e açúcar? — perguntei com o rosto virado para a geladeira.

— Você sabe que quero com os dois. Agora desembuche. O que o sr. Língua fez?

— O nome dele é Xander — resmunguei enquanto pegava o leite, e me virei.

— Ele era o sr. Língua antes — disse ela, sorrindo. — Pelo que eu me lembre, ele era o sr. Língua da língua milagrosa, ele era...

— Já deu — resmunguei de novo. — Ele não significa nada para mim.

— O que houve? — indagou ela com os olhos brilhando.

— Vou contar, mas sob uma condição.

Mordi o lábio inferior e sorri para ela.

— Que condição? — Ela franziu o cenho e se inclinou para a frente. — Também não estou dormindo com ele.

— Não é isso que estou perguntando — falei, revirando os olhos. — Me diga de quem você gosta.

— O quê? — perguntou Alice, reclinando-se na cadeira, com o rosto corando.

— Você gosta de Aiden, Scott ou Chett? — enumerei, me debruçando no balcão e olhando para ela. — Me diga de qual dos meus irmãos você gosta, e eu conto o que aconteceu com Xander.

— Não gosto de nenhum deles. Do que você está falando? — gaguejou Alice, evitando meu olhar, e eu sorri comigo mesma.

Alice mentia tão mal e sabia que eu sabia a verdade. Coloquei alguns grãos moídos na cafeteira francesa, despejei água fervente no recipiente de vidro e tampei.

— Chett, Scott ou Aiden? — perguntei em tom suave, e me virei para encará-la. — Deixe-me pensar. Duvido de que seja Chett. Você não gosta de loiros, e ele é o cara mais loiro que eu conheço. Você não gosta de Fórmula 1, e ele adora. Então é Scott ou Aiden. Hum, vamos ver... — Retribuí o olhar dela e sorri. — Os dois são gatos, embora sejam meus irmãos e seja nojento, para mim, dizer isso. Deixe-me pensar: de quem eu acho que você está a fim?

— Tá bom, é o Aiden — disse ela com o rosto vermelho. — E eu só o acho fofo. Não estou a fim dele.

— Você gosta do Aiden? — retruquei com uma cara feia.

Aiden era o mais velho e o mais mandão. De todos os meus irmãos, ele era o menos divertido e às vezes parecia mais um segundo pai para mim.

— É sério que você gosta do Aiden?

— Sabia que esse seria seu comentário, por isso eu não queria contar.

— É só porque... — Fiz uma careta. — Imagine se você namorasse o Aiden e nós fôssemos a um encontro duplo. — Estremeci. — Isso seria tipo um encontro duplo com meu pai, ele ia tentar me dizer o que pedir no restaurante e ia me aconselhar a ir dormir cedo, e que Deus proíba que meu namorado me beije ou algo do tipo.

— O café está pronto? — perguntou Alice, olhando feio para a cafeteira.

— Vou ver — falei, empurrando o filtro da cafeteira antes de despejar o café em duas xícaras e me virar para ela. — Você não está mesmo interessada no Aiden, está? — Olhei-a esperançosa. — É uma piada sem graça, não é?

— Quantas piadas sem graça acha que estão contando para você este final de semana, Liv? — zombou Alice, rindo, enquanto colocava açúcar na xícara. — E sim, eu gosto do Aiden. E não, nem de longe ele parece seu pai. Ele só tem vinte e oito anos e é lindo, engraçado, doce e, bem, sim, tenho uma quedinha por ele. Já faz um bom tempo, se for para ser sincera. — Alice respirou fundo. — É melhor não contar para ele.

— Contar o que para ele? — retruquei, revirando os olhos. — Ele iria dar um jeito de me passar um sermão.

— Então é sua vez agora.

— Minha vez de quê? — perguntei.

Tomei um gole de café e tossi. Estava horrível. Eu devo ter colocado grãos demais e pouca água na cafeteira francesa.

— O que aconteceu com você e o linguinha?

— Não o chame de linguinha. É nojento.

— Mas o que ele fez não foi nojento, não é?

— Não importa. — Olhei em volta de mim na cozinha. — Ele não está a fim de mim.

— Sinto muito — disse ela, com um olhar de desculpas.

— Ele não é o pai, sabe. Ele nem dormiu com Gabby. Ainda assim, vai se casar com ela.

— Ele a ama? — perguntou Alice, chocada. — Mas peraí, eles nunca transaram?

— Pois é. Também fiquei chocada. — Tentei tomar mais um gole e larguei a xícara. — Vamos conversar no meu quarto. Não quero que alguém nos ouça.

— Tá bom.

Ela assentiu e se levantou. Fomos ao meu quarto, e notei que ela também deixou o café no balcão da cozinha. Fechei a porta do quarto e me joguei na cama.

— Vem? — perguntei a ela, dando tapinhas no colchão ao meu lado.

— Não sei se eu deveria me deitar — resmungou ela. — Passei uma hora fazendo chapinha no cabelo hoje cedo. E se minha maquiagem manchar o travesseiro?

— Ah, que isso, Alice?! Não vai acontecer nada com seu cabelo nem com sua maquiagem.

— Tá bom. — Ela bocejou e tirou os sapatos. — Acho que podemos conversar um pouquinho.

— Aham — concordei, rindo. — Você parece cansada. Dormiu quantas horas noite passada?

— Duas — respondeu, e deu um bocejo maior e mais longo. — Eu estava tão animada que não consegui dormir e agora estou exausta.

— Ah, Alice. — Balancei a cabeça enquanto ela se jogava na cama ao meu lado. — Por que não me contou que gostava de Aiden?

— Porque eu sabia que você reagiria assim — disse ela, virando-se de lado e olhando para mim. — Fazendo um escarcéu.

— Eu torcia para que você gostasse de Scott — comentei, sorrindo.

Scott era o mais novo e o mais parecido comigo. Ele era desencanado e estava sempre aprontando. Arranjava muita confusão quando criança, e eu adorava ouvir suas peripécias. Eu era a menina boazinha, mas só porque meus pais e Aiden sempre estavam no meu pé. Eu queria ter participado das brincadeiras, mas nunca tive a oportunidade.

— Scott é um palhaço, eu o adoro, mas ele é um palhaço — comentou Alice, rindo. — Ele não consegue ficar sério por dois minutos.

— É por isso que você deveria namorá-lo. Vocês estariam sempre se divertindo. Aiden, por outro lado... — resmunguei, ainda me lembrando de todas as vezes que me ferrei porque ele contou aos meus pais que eu estava aprontando alguma.

— Bem, de qualquer forma, com certeza ele não está a fim de mim — disse Alice, revirando os olhos. — Então não se preocupe.

— Não estou preocupada. Só estou...

— Liv, você quer falar de Aiden ou Xander? — interrompeu Alice, e eu suspirei.

— Na verdade, não quero falar de nenhum deles. Xander é um babaca.

— Por quê?

— Eu meio que falei que eu não era contra a ideia dele não ser mais noivo da minha irmã?

— O quê? — disse Alice com os olhos quase saindo das órbitas, em choque. — Você não disse isso!

— Bem, não nessas palavras, mas basicamente falei que talvez ele não quisesse mais se casar depois de ter me conhecido, já que ele não era o pai do filho da minha irmã, e ele simplesmente olhou para mim como se eu fosse louca e foi embora.

— Nossa! — exclamou Alice, fazendo uma careta. — Ele parece mesmo um imbecil.

— Ele é um imbecil — reforcei. Fechei os olhos e revivi meu embaraço. — E ainda tem o pinto pequeno.

— Sério? — perguntou Alice, em tom estupefato.

— Não. — Abri os olhos e olhei para ela. — Ele não tem pinto pequeno — resmunguei e enterrei o rosto nas mãos. — Ah, por que, por que isso tinha que acontecer comigo? O azar me persegue ou algo do tipo?

— Não é culpa sua. Quer dizer, você meio que sabia que ele era um babaca depois que vocês ficaram na igreja, né?

— É, eu percebi que ele era arrogante, convencido e que se achava muito.

— E mesmo assim você foi para o quarto de hotel dele.

— Ah, você sabe, a carne é fraca — comentei, rindo, e fechei os olhos. — Não quero mais falar dele. Vamos tirar um cochilo e mais tarde lidamos com ele e Aiden.

— Parece um ótimo plano — disse Alice, bocejando de novo, e seus olhos se fecharam enquanto ela se aninhava no travesseiro. — Boa noite, Liv.

— Bom dia, Alice — respondi com uma risadinha, e nós duas caímos no sono.

— Acordem, acordem! — a voz de Scott ressoou no meu quarto enquanto ele batia na porta e abria.

— O quê? — resmunguei, abrindo os olhos devagar, e vi meu irmão me olhando ao pé da cama.

— Acorde, Liv — disse ele, tirando o edredom da cama, e eu rosnei para ele. — Ou devo dizer, acorde, cachorrinha?

— Babaca — xinguei, pulando da cama, e o encarei por um segundo antes de cair na risada. — Também estou feliz de te ver, Scott.

— Venha cá — chamou ele, me envolvendo num caloroso abraço, e olhou para a cama. — Quem está na cama com você? Virou lésbica agora?

— Scott! — exclamei, balançando a cabeça para ele. — É Alice.

— Você e Alice estão namorando? — perguntou ele, sorrindo e erguendo as sobrancelhas.

— Não seja nojento — respondi, fuzilando-o com o olhar, e Alice gemeu ao rolar na cama, ainda dormindo, sem perceber a agitação no quarto.

— Estou só perguntando — defendeu-se ele com um sorriso no rosto, depois olhou para Alice na cama. — Bom dia, flor do dia.

— Não a acorde — pedi, dando um soco no ombro dele. — Ela não dormiu muito na noite passada.

— Por quê? O que ela estava fazendo? — perguntou ele, lambendo os lábios devagar, e eu lhe dei outro soco.

— Hum... que barulho é esse? — indagou Alice, abrindo os olhos devagar, e então gritou.

— O quê? — repliquei, franzindo o cenho, e olhei para ela. — Somos só eu e Scott.

— Não, tem uma lagarta no meu rosto — disse ela, depois gritou de novo e saltou da cama.

— O quê? — olhei para ela e caí na gargalhada.

— Tire-a de mim.

— Vou pegá-la — ofereceu-se Scott, rindo, e a trouxe para perto. Em seguida esticou a mão e puxou um cílio postiço barato do rosto dela. — Acho que não era uma lagarta. — Ele sacudiu o cílio diante dos olhos de Alice, e ela enrubesceu.

— Ops — retrucou ela, sorrindo. — Foi mal.

— Como você é boba, Alice — comentei, rindo, e todos ficamos ali por uns instantes, sorrindo uns para os outros.

— Por que vocês três sempre ficam com cara de idiotas?

Uma voz alta e imperiosa ressoou pelo quarto, e me virei com fogo nos olhos.

— Por que você sempre está com essa cara de quem comeu e não gostou, Aiden? — perguntei-lhe com um pequeno sorriso.

— Estou vendo que você ainda não saiu da adolescência — comentou ele, me observando com um brilho no olhar.

— E você já chegou aos cinquenta.

— Ainda não — disse ele, entrando no quarto, e me deu um rápido abraço. — Olá, Alice, que bom te ver.

— Oi, Aiden — murmurou ela com o rosto corando ao ver o cara por quem tinha uma quedinha.

Observei Aiden com olhos mais críticos. Acho que os atrativos dele eram visíveis. Era alto, com seus 1,80m, tinha um porte magro e musculoso, cabelo castanho-escuro e olhos azuis brilhantes que pareciam desvendar sua alma. Em suma, ele era um homem bonito. Mas não o homem que eu escolheria para namorar minha melhora amiga.

— O que está havendo aqui? Uma orgia? — perguntou Xander, entrando no quarto com um sorriso enorme, e eu congelei.

Ele estava sem camisa, e eu não conseguia parar de olhar para seu peitoral perfeitamente esculpido. O tanquinho parecia ainda mais definido desde a última vez que o vi nu.

— Nada — respondi.

Desviei o olhar e vi que Alice sorria de orelha a orelha, em vez de fuzilá-lo com os olhos, como eu estava fazendo. Por que ela estava sendo uma traidora? Como poderia sorrir sabendo que tipo de homem Xander era? Ou, mais importante, como ele tinha me humilhado. Eu ainda sentia o calor da rejeição dele.

— Quem é você? — perguntou Aiden, virando-se para Xander com uma expressão de desaprovação, e em seguida olhou para Alice. — É seu amigo?

— Não — falou Alice, e eu observei o rosto de Aiden com cuidado. Ele sorriu quando ela negou? Minha mente estava a mil. Será que ele também sentia algo por Alice?

— Ah, tudo bem — disse ele, fazendo uma careta. — Estava prestes a dizer que você precisa parar de ser uma má influência para minha irmã.

— Aiden — repreendi-o, embasbacada. Acho que me enganei. Talvez eu tivesse imaginado o sorriso. — Não seja tão grosseiro.

— Não tem problema, Liv. Não preciso que você me defenda — falou Xander, sorrindo para mim com um brilho no olhar, e virou-se para Aiden. — Sou Xander. Xander James. O noivo da sua irmã.

— O quê? — Foi a vez de Scott ficar impressionado. — Liv, você nem me contou.

— É verdade, Liv? — perguntou Aiden, me olhando de cenho franzido.

— Eu... hum... não — respondi, balançando a cabeça, com o rosto corado. — Ele não estava falando de mim. Eu nem o conheço. Nunca nem... ãhn... o beijei, quanto mais... ãhn... dormi com ele — gaguejei com o rosto muito vermelho, e continuei divagando. — Eu não ficaria noiva de Xander nem se ele me pagasse — acrescentei, e notei que meus dois irmãos me olhavam sem entender, enquanto Alice fez uma careta para mim.

— Acho que eu não causei uma boa impressão em você — declarou Xander, interrompendo o silêncio, e depois riu. — Sou o noivo de Gabby — explicou, sem rodeios, e sorriu. — Presumo que vocês dois sejam irmãos dela?

— Sim — confirmou Aiden, dando um passo à frente. — Sou Aiden, o mais velho. Este é Scott. Esta é minha irmã Liv e a melhor amiga dela, Alice. E nosso outro irmão, Chett, ainda não chegou — enumerou, examinando Xander de cima a baixo, com uma cara não muito boa. — E você vai se casar com Gabby?

— Sim — respondeu Xander, assentindo. — Acho que ela ainda está na cama.

— É isso mesmo — zombou Scott. — Ainda não é meio-dia.

— Scott — repreendi-o, revirando os olhos para ele, e dei uma risadinha.

— Você sabe que a Rainha Gabby só acorda quando dá vontade — disse Scott, sorrindo para mim, e nós rimos.

Nós dois sentíamos o mesmo em relação a Gabby, e esse era mais um motivo para ele ser meu irmão predileto.

— Vocês ainda estão fofocando sobre Gabby? — perguntou Aiden, num suspiro, balançando a cabeça.

— Por que não deveríamos fazer isso? — retrucou Scott, peitando Aiden. — Você pode ser o mais velho, mas não manda em nós, Aiden. Não somos mais crianças.

— Então parem de agir como crianças — declarou Aiden, e virou-se para Xander. — Sinto muito por Liv e Scott, eles são grosseiros e acho que nunca vão mudar.

— Tudo bem — disse Xander, rindo. — Tenho um irmão mais novo e sei como é lidar com impertinência.

— Ah, preciso ver se Henry está bem — falei em um tom doce, com o estômago revirando de raiva de Aiden e Xander. — Vou ver se posso fazer alguma coisa para ele.

Xander estreitou os olhos enquanto me observava, e sua expressão passou a ser de aborrecimento.

— Henry está bem — sentenciou.

— Tenho certeza de que sim, mas não dói ir lá conferir e ver se ele precisa de uma mãozinha — acrescentei, sorrindo, e com o canto do olho notei que Alice estava rindo. — Quero ter certeza de que todas as necessidades dele estejam sendo atendidas.

— Do que está falando, Liv? — disse Aiden, fazendo uma cara feia.

— Nada que precise preocupar sua linda cabecinha. — eu o respondi, sorrindo. — Com licença, pessoal, preciso ir e cumprir uma de minhas funções de mulher.

Passei por Xander e ouvi-o inspirar com força quando meus seios roçaram em seu braço. Meus mamilos formigaram com o contato, mas não tive certeza de como reagir. Saí do quarto correndo e atravessei o corredor com um sorrisinho no rosto. Isso daria uma lição em Xander. Ele queria agir como se fosse o bonzão, e melhor do que eu. Bem, deixemos Xander para lá. Eu não o queria, nem precisava dele nem me importava com ele. Que ficasse com Gabby e lidasse com os problemas dela. Eu não me importava se ela gastaria todo o dinheiro dele e depois, quando ele declarasse falência, o abandonasse. Seria bem-feito para ele. Só de pensar em Xander, cheguei ao final do corredor bufando de raiva.

Como ele ousava invadir meu quarto e dizer que eu era impertinente? Eu deveria ter arrancado aquele sorrisinho convencido do rosto dele e contado aos meus irmãos que eu tinha transado com ele no final de semana anterior. Já até imaginava a expressão de choque na cara deles. Muito provavelmente Aiden me mataria, e Scott cairia na gargalhada. Eu deveria ter contado tudo. Isso ensinaria Xander a não brincar comigo. Como ousava insinuar que eu era impertinente? E como Aiden ousava agir como se fosse um líder mundial? Grr. Os dois me deixavam enfurecida.

Eu não fazia ideia de por que Alice estava interessada em Aiden. Eu tentaria convencê-la a mudar de ideia e se focar em outra pessoa. Não havia a menor chance de eu querer que minha melhor amiga namorasse meu irmão mais velho mandão. E não havia a menor chance de eu dormir com Xander mais uma vez, nem mesmo se ele implorasse. Não que eu achasse que isso pudesse acontecer. Xander não tinha o menor interesse em dormir comigo novamente. Ele só queria me torturar.

5

Fiquei parada na porta do quarto de Henry como uma sonsa. Na verdade, eu não queria dizer nada a ele. E certamente não ia me oferecer para fazer nada por ele, como eu tinha insinuado para Xander. Fiquei ali por alguns segundos e estava prestes a me virar quando vi Xander vindo em direção ao quarto com um sorriso de escárnio no rosto.

— Henry já te expulsou do quarto?

— Perdão? — retruquei, fuzilando-o com o olhar.

— Você está plantada no corredor toda envergonhada — disse, e deu de ombros ao parar do meu lado. — Imaginei que você tivesse sido dispensada.

— Os homens não me dispensam — declarei, erguendo a cabeça a fim de evitar olhar para o peitoral dele.

— É verdade, você não é bem o tipo que um homem dispensaria — declarou ele, lambendo os lábios. — Eu acho...

— Posso ajudar, Xander? — interrompi-o, sem querer começar uma sessão de flertes com ele.

— Você está tão sexy agora de manhã — disse ele, analisando minha regata e meus shorts curtos.

— Tá, e daí? — Eu não me deixaria ceder novamente.

— E isso me dá vontade de beijar você.

— Não quero beijar você — falei com um sorriso cínico. — Eu não repito o prato a não ser que a comida esteja muito, muito boa. — Olhei-o de cima a baixo. — E você, Xander James, não foi tão bom assim — menti, mas o orgulho me fez tentar atingi-lo.

— Não? — retrucou ele com os olhos arregalados, e sorriu. — Você chama de sr. Língua todo cara conhece?

— Você é bom para me chupar — falei, enrubescendo. — Mas é só. Eu não dormiria com você de novo.

— Então a única parte boa em mim é a língua?

— É. — Assenti. — E todo homem tem língua, por isso nem é algo especial.

— Então sou um homem mediano que tem uma habilidade mediana com a língua e péssimas habilidades na hora de foder? — sugeriu ele, inclinando a cabeça para o lado e analisando meu rosto.

— Sim, habilidade mediana com a língua e nota zero na cama — menti, incapaz de falar "foder" em voz alta.

Eu me perguntei se meu rosto me desmentiu. Xander tinha habilidade nota dez tanto com a língua quanto para foder. Meu corpo esquentou conforme conversávamos, lembrando-me de que estava contando uma mentira deslavada.

— Mediana e zero? — repetiu ele, estreitando os lábios. — Hum, estou caindo no seu conceito.

— Sinto muito, eu não quis ser grosseira antes, sabe como é.

— Sei.

Ele assentiu, pegou minha mão, abriu a porta do quarto de Henry e me puxou com ele.

— O que está fazendo? — ofeguei quando me empurrou contra a porta e se postou diante de mim.

Ele não respondeu, e seus olhos zombavam de mim enquanto aproximava o rosto.

— O que está fazendo? — repeti, quando ele desceu a boca até a minha.

Seus lábios eram firmes ao desabar sobre os meus, e sua língua deslizou para minha boca com facilidade. Gemi quando sua rigidez pressionou minha barriga e retribuí o beijo por alguns segundos antes de me lembrar de onde estávamos. Que merda, o que Henry devia estar pensando?

— O que acha que está fazendo?

Empurrando-o e passei os olhos pelo quarto loucamente, com o rosto muito vermelho.

— Henry não está aqui — disse ele, levantando uma das sobrancelhas, e riu. — Pode parar de fingir que ficou afrontada.

— Não estou fingindo nada — declarei, fazendo cara feia. — Onde ele está? E, se você sabia que ele não estava aqui, por que disse que ele me expulsou?

— Não faça joguinhos comigo, Liv. Não sou o tipo de cara que gosta de joguinhos.

— Que joguinhos? — guinchei.

Ele sabia que eu não tinha o menor interesse em Henry? Que constrangedor.

— Olha, eu sei que a situação é desconfortável e sei que você deve estar magoada, mas me comprometi com sua irmã. Mesmo se eu quisesse voltar atrás, não seria algo muito cavalheiresco da minha parte.

— Mas você não é um cavalheiro.

— Não, eu não era — suspirou ele. — Eu ia atrás do que queria quando queria e, se não conseguisse com facilidade, eu ia lá e tomava de qualquer jeito, mas a vida é maior do que meu ego.

— Tudo bem.

Dei um passo para longe dele, pois parecia que ele ia me beijar de novo.

— Que bom para você e sua vida perfeita.

— Liv, só estou dizendo que não precisa fingir que está a fim de Henry.

— Não estou fingindo — insisti, balançando a cabeça para ele, de saco cheio de sua arrogância. — Ele é bonito, solteiro e, ao que parece, um homem adorável. Estou interessada em conhecê-lo melhor. É tão difícil acreditar nisso?

— Ele é meu irmão — disse ele, de cenho franzido, nem sinal daquele sorriso convencido.

— E daí? Gabby é minha irmã — rebati, olhando-o nos olhos. — Você parece não ver problema com isso. Acho hipócrita da sua parte não querer que eu namore seu irmão.

— Para que namorar meu irmão se sou eu quem você deseja?

— Não desejo você, Sander. Você é que parece me querer. O que acha que Gabby diria se soubesse que você acabou de me beijar?

— Não me importo — rosnou ele. — O que Gabby e eu temos é uma relação comercial.

— Bom para vocês.

— Você não entende — disse ele, balançando a cabeça, depois me agarrou pela cintura e me puxou para perto. — O que houve com aquela garota despreocupada e divertida que conheci no final de semana passado?

— Ela foi embora quando me apresentaram você como o noivo da minha irmã.

— O que posso fazer para mudar isso? — Seus dedos afastaram do meu rosto alguns fios de cabelo. — Não quero mais discutir.

— Não estou discutindo. Estou expondo os fatos.

Dei de ombros e tentei afastá-lo de mim, mas dessa vez não consegui empurrar seu corpo. Minhas mãos estavam achatadas no peitoral dele, e eu engoli em seco. Por que ele tinha que dificultar tanto? Por que não me deixava em paz?

— Ainda precisamos ser amigos, Liv — disse ele, passando os dedos pelos meus lábios. — Vamos nos tornar uma família.

Quase vomitei ao ouvir isso. Quer dizer, esse cara estava falando sério?

— Xander — falei, olhando-o nos olhos. — Não tenho a intenção de vê-lo novamente depois deste final de semana, a não ser no casamento. Não precisamos ser nada.

Nossos olhares se encontraram e nos encaramos por alguns segundos, e notei que ele estava refletindo. Esperei que dissesse que eu estava sendo tola. Que é claro que nos veríamos outras vezes. Esperei que me repreendesse e me chamasse de imatura. Esperei que me falasse que eu estava agindo como uma garotinha boba. Eu sabia que não tinha a menor possibilidade de vê-lo só no casamento e depois nunca mais. Apesar de todas as nossas brigas e discussões, minha família era unida, e meus pais não me deixariam furar todos os jantares e reuniões, mesmo que eu quisesse. Fiquei ali encarando-o impassível e esperei que me dissesse que eu era imatura, mas, em vez disso, ele começou a rir. Impressionada e chocada, observei a gargalhada tomar conta de seu rosto: seus olhos brilhavam, sua boca estava aberta, e sua cabeça pendeu para trás.

— Qual é a graça? — perguntei em tom suave, com ainda mais raiva dele.

Eu odiava não entendê-lo e não ser capaz de entender suas intenções. Odiava amar isso nele. Odiava querer conhecê-lo melhor. Odiava o fato de que nunca teria a chance de aprofundar a relação com ele.

— Você — respondeu ele, então respirou fundo e, por fim, parou de rir. — Você é uma lufada de ar fresco — disse, sorrindo para mim. — Sim, você também é um pouco chata, mas é uma lufada de ar fresco.

— Tá bom, obrigada, então.

— Quero fazer amor com você de novo — sussurrou ele, e sua expressão tornou-se luxuriosa enquanto ele dava um passo em minha direção.

— Não, nós não podemos — falei, e mordi o lábio inferior.

— Ah, mas podemos fazer o que quisermos.

Sorriu, se virou e trancou a porta antes de voltar até mim.

— O que está fazendo? — perguntei, chocada, quando ele tirou a cueca e ficou nu para mim; seu pau já atento.

— Estou mostrando que não sou nota zero na cama. — Ele sorriu e deu mais um passo à frente. — Gosto de um bom desafio.

— Xander — resmunguei quando ele me puxou para si. Meu corpo tremia de expectativa, e me senti culpada e confusa. — Não podemos...

Ele me interrompeu ao me pegar no colo e me jogar na cama. Arrancou com os dedos meus shorts e minha calcinha antes de se deitar sobre mim e beijar meu pescoço.

— Xander — gemi, e mexi o corpo contra ele. — Não podemos.

— Podemos, sim.

Seus dedos desceram por minhas pernas e me acariciaram com delicadeza. Fechei os olhos por dois segundos e aproveitei a excitação que percorreu meu corpo. Então, empurrei-o para o lado e rolei para fora da cama.

— O que você está fazendo?

Ele piscou para mim, surpreso, quando peguei a calcinha no chão.

— Vou embora — declarei, e esfreguei os lábios para me livrar do gosto dele. — Você não pode me possuir sempre que tiver vontade.

— Por que não? — perguntou ele, de cenho franzido, e eu estava prestes a protestar quando ele riu. — Não estou falando sério.

Ele suspirou e se sentou. Olhei para baixo e vi que sua masculinidade estava rígida e pronunciada. Ele também olhou para baixo a fim de ver o que eu estava observando e sorriu.

— Pois é, é assim que você vai me deixar.

— Peça a Gabby para ajudar você — disparei, irritada.

— Isso sempre vai ser um problema entre nós, não é?

— O que você acha? — retruquei, olhando para ele sem acreditar.

Para um cara inteligente, até que às vezes Xander podia ser bem burro. Observei-o saltar da cama, se debruçar, pegar a cueca e vesti-la. Em seguida, ele olhou para mim com um sorriso preguiçoso e deu de ombros.

— Então, seus pais parecem legais, e acho que eles gostaram de mim — comentou casualmente, como se fosse a coisa mais normal de se dizer naquela situação.

— Eles são legais.

Eu me segurei para não dizer que eles não seriam tão legais assim se soubessem que tipo de cara ele era.

— Acho que vou gostar de tê-los como sogros.

— Que bom.

— Vão ser ótimos avós.

— É.

Desviei o olhar, porque estava louca para tirar aquele sorriso presunçoso da cara dele com um belo de um tapa. Qual era o problema dele? Como podia tentar dormir comigo e depois falar dos meus pais?

— Não tem mais nada a dizer? — perguntou ele, estreitando os olhos enquanto me observava.

— O que mais você quer que eu diga? — repliquei, olhando-o nos olhos.

— Não sei, algo que me diga que estou cometendo um erro.

Ele deu de ombros, indiferente.

— Quem vai cometer esse erro, ou não, é você.

Eu não ia cair nessa armadilha de novo. Não ia dar a entender que o desejava.

— Ah, ha, então você acha que estou cometendo um erro?

— Não me importo com o que você faz — menti, e me virei. — Vou voltar pro meu quarto agora.

— Mas Alice está lá com Scott e Aiden.

— E daí? — perguntei.

— Você não quer ficar segurando vela.

— O quê?

— Alice está a fim de um deles, não está?

— Como sabia?

— Era óbvio, ela estava reluzindo de orelha a orelha — disse ele, e deu de ombros. — Não acho que foi por minha causa.

— Não que isso fosse um problema para você, né? Você adoraria ter três mulheres desta casa aos seus pés.

— Então você está dizendo que duas mulheres desta casa me desejam? — Ele sorriu e levantou uma das sobrancelhas.

— Não — respondi depressa. — Agora me diga, quem você acha que gosta de Alice?

— Quem? — indagou ele, rindo. — Acho que Alice tem um pequeno problema.

— Ah, é? — Franzi o cenho e esfreguei a testa. — Você não acha que nenhum dos dois gosta dela?

— Ah, pelo contrário — disse Xander, passando a palma das mãos pela barriga. — Acho que os dois gostam dela.

— O quê? — perguntei, olhando-o nos olhos para ver se estava falando sério.

— Acho que seus dois irmãos estão interessados em Alice — reforçou ele, assentindo. — Com sorte, os dois não tentaram alguma coisa com ela ao mesmo tempo. Ela está interessada em um deles, não está?

— Sim — confirmei, e mordi o lábio inferior.

Como ele sabia que meus irmãos gostavam de Alice? O que isso significava? Como Scott se sentiria se Alice e Aiden começassem a namorar? Alice gostava de Aiden e era óbvio que ela o escolheria, não era?

— Vai me dizer qual dos dois?

— Não — falei, balançando a cabeça, e me voltei para a porta. — Não é da sua conta.

— Você vai ser sempre assim, Liv? — indagou ele, e me segurou pelo ombro. — Será que não podemos ser só amigos?

— Não, não podemos — respondi, abrindo a porta, e saí do quarto.

Quem diabos Xander James achava que era? Ele achava mesmo eu podia esquecer tudo e ficar amiga dele? Ele realmente achava que isso era possível?

— Bom dia, Liv — disse uma voz rouca que me pegou de sobressalto.

Eu pisquei para ver melhor quem estava à minha frente.

— Me desculpe. — Ele abriu um sorriso largo. — Não quis assustar você.

— Sem problemas. Bom dia, Henry — cumprimentei, retribuindo o sorriso.

Olhei-o nos olhos e percebi que eram um pouco mais claros que os de Xander.

— Tudo bem? — perguntou ele, com os dentes brancos e perfeitos brilhando para mim, e eu realmente comecei a notar as diferenças sutis entre ele e Xander.

Henry tinha lábios rosados um pouco mais finos e uma covinha bem profunda na bochecha direita. Seus cabelos, embora também fossem pretos, tinham mechas de um castanho mais claro e eram um pouco mais bagunçados do que os de Xander.

— Estou bem. É só que a manhã já está bastante cansativa, e nós ainda nem tomamos café — expliquei com um revirar de olhos.

— Estou com fome. — Ele fez que sim com a cabeça. — Estou voltando da minha corrida matinal e estou pronto para devorar umas panquecas com bacon.

— Parece uma delícia — comentei, assentindo com vontade. — Panqueca de banana com chips de chocolate com muita calda e bacon.

— Eu prefiro panqueca de mirtilo — contou, sorrindo, e passou a mão pelos cabelos pretos. — Se bem que não acharia ruim se tivesse chips de chocolate. Talvez possamos dividir?

— Acho ótimo — falei, e ajeitei a regata enquanto olhava para ele. — Contanto que você não queira um pouco do bacon também.

— Não se preocupe, nunca tento roubar o bacon do prato de ninguém — disse ele, rindo, e eu observei seus lábios por alguns segundos, rindo junto com ele.

— Que bom, senão eu teria que te matar — sentenciei, dando risadinhas, e o cutuquei no ombro com dois dedos firmes como uma arma.

— Oh-ou, o aviso foi oficialmente expedido.

— É isso aí. — Pisquei para ele.

— O que está acontecendo aqui? — soou a voz profunda de Xander bem atrás de mim, e não acreditei que não o tivesse ouvido sair do quarto e passar pelo corredor.

— Liv vai dividir umas panquecas comigo, mas está me avisando para ficar longe do bacon — respondeu Henry com uma risada. — Eu disse que é um preço justo a pagar para dividir o café da manhã com uma bela mulher.

— Hummm — replicou Xander, e meu estômago revirou.

Henry disse que eu era bela. Tive que admitir que suas palavras me deixaram feliz. Talvez eu tentaria conhecer Henry um pouquinho melhor naquela manhã.

— Talvez você não deva dividir tudo com todo mundo, Liv — disse Xander a mim de um jeito irritante enquanto me olhava com um sorriso cínico.

— Como assim? — retruquei, fuzilando-o com o olhar, meus pensamentos longe de Henry, focados nos olhos verde-escuros de Xander.

— Talvez você não devesse ser tão fácil e estar tão disposta a abrir mão — murmurou ele, e eu ofeguei. Ele parou, olhando para mim de cima a baixo, e sorriu. — Quer dizer, de suas panquecas. Eu não me sentiria tão disposto a abrir mão delas. Henry é um cafajeste. Ele vai devorar todas elas antes de você piscar o olho. E você vai se arrepender de tê-las dado.

— Não acho que vou me arrepender de dividir minhas panquecas, embora me arrependa de outras coisas.

Tentei permanecer civilizada, mas era difícil. Eu não queria me constranger na frente de Henry ou levantar suspeitas, mas queria tanto dar um soco em Xander. Dos fortes.

— Ah, é? — disse ele, inclinando a cabeça. — Tipo o quê?

— Xander, não encha o saco da garota — interferiu Henry, repreendendo o irmão. — Ela acabou de acordar.

— Não estou enchendo o saco dela — retrucou Xander, dando ao outro um olhar cortante.

— Só estou dizendo que você acabou de conhecê-la, e ela não conhece seu senso de humor, por isso, pegue leve. — Henry sorriu para mim. — Ainda não somos da família.

— Obrigada, Henry, estou muito agradecida. — Abri um sorriso caloroso.

— Você não deveria ir tomar banho ou algo do tipo? — indagou Xander, estreitando os olhos para mim. — Não íamos querer ter que esperar você para podermos comer as panquecas.

— Eu me preocuparia com sua noiva, não comigo — falei, dando-lhe um olhar desgostoso. — Tenho certeza de que ela ainda está na cama.

— Bem, é que eu deixo as mulheres exaustas — retrucou Xander numa rápida tirada, e eu ofeguei, com o rosto ficando branco à medida que o ciúme remexia meu estômago.

— Xander — repreendeu Henry. — Ignore-o, Liv. Xander e eu dormimos no mesmo quarto, ele não ousaria desrespeitar seus pais na casa deles.

— Não me impressionaria se ele tivesse feito isso — retruquei, encarando Xander com um olhar aviltante, e depois me voltei para Henry. — É bom saber que um dos irmãos James é um cavalheiro. Obrigada.

— Disponha — disse Henry, curvando a cabeça numa reverência e sorrindo. — Agora vá logo e tome um banho para irmos comer aquelas panquecas.

— Pode deixar — falei, dando uma risadinha, e corri para o quarto. Senti os dois irmãos me olhando enquanto eu entrava.

— Aí está você — disse Alice em tom melodramático quando entrei. — Onde esteve?

— Não queira saber. — Fechei a porta e me joguei na cama. — Você não vai acreditar no que acabou de acontecer.

— O quê? — perguntou ela, de pé perto de sua bolsa de viagem, me observando com olhos investigativos.

— Bem... — comecei.

— Ai, meu Deus, Aiden estava um gato, não estava? — interrompeu ela antes que eu contasse o que tinha acontecido. — Eu preciso me trocar. Não posso deixar que ele me veja com as mesmas roupas de hoje cedo.

— Ele não vai notar nem se importar — comentei depressa. — Mas ouça: Xander me pegou no quarto de Henry e me jogou na cama e...

— Será que eu visto uma saia ou vestido? — Ela pegou uma saia preta curta e um vestido vermelho justinho, me interrompendo de novo. — Ou eu ficaria muito periguete com eles?

— Sim, os dois iam te deixar com cara de periguete — respondi, assentindo, e continuei. — Ele me jogou na cama e tirou a cueca e depois tirou minha calcinha e...

— Tá bom, mas e a blusa? — Ela segurou a peça de roupa embaixo do rosto. — E essa calça branca linda? Ou será que eu visto meu jeans preto skinny?

— Então ele meteu o pau na minha bunda — falei mais alto, saltando da cama. — Ele rasgou minhas roupas, me jogou na cama, me virou e me comeu por trás.

— Então você fez sexo anal? — perguntou ela, boquiaberta. Enfim conquistei sua atenção. — Doeu?

— Alice, recomponha-se. — Fui até ela e agarrei-a pelos ombros. — Eu falei que o noivo da minha irmã me jogou na cama nu e me penetrou, e você me pergunta se doeu?

— Bem, é que sempre quis saber — comentou ela, dando de ombros. — Imaginei que poderia perguntar, para eu decidir se toparia fazer sexo anal com Aiden.

— Ai, meu Deus, Alice — gemi, e ela me deu um sorrisinho.

— Me desculpe. Estou enlouquecendo, não estou? — Ela soltou um longo suspiro e me olhou com uma expressão de quem quer se redimir. — É que estou muito animada. Finalmente cresci e ele pode me levar a sério. Ele pode me ver como uma mulher adulta.

— É, acho que sim. — Fiz uma careta. — Estou tentando te contar sobre Xander.

— Eu sei, me desculpe — disse ela, largando a blusa. — Me conte sobre Xander e o sexo anal, e aí vou contar sobre Aiden e pedir um conselho. — Ela foi até a cama e se sentou. — Agora desembuche.

— Não fizemos sexo anal — contei, voltei à cama e me deitei de costas. — Mas ele tirou mesmo minha calcinha e ficou nu, e eu o senti lá embaixo. — Engoli em seco. — Ai, ele estava tão perto de entrar em mim, mas então me senti culpada, levantei num pulo e vesti a calcinha.

— Que engraçado — comentou Alice, rindo, enquanto me olhava.

— Qual é a graça?

— Você deve tê-lo deixado com dor nas bolas — disse ela, rindo mais um pouco. — Aposto que foi tomar banho para poder bater uma.

— Ah, Alice — falei, começando a rir também. — Você acha?

— Claro! — Ela assentiu. — Ele estava nu, certo? E o pau dele estava lá embaixo?

— Aham, os dedos dele também — suspirei ao me lembrar do toque de seus dedos ao me acariciarem. — Eu o queria tanto dentro de mim, mas senti que seria errado.

— Então imagine como deve ter sido para ele? O pinto dele estava a um centímetro, ou até só um milímetro, de te penetrar e alcançar a Terra Prometida e, em vez de ser levado ao paraíso, ele se viu no inferno da dor nas bolas.

— Ah, Alice. — Comecei a gargalhar. — Eu te amo, sabia? Sou muito sortuda por ter uma amiga com quem posso falar de sexo sem pudor.

— Também sou sortuda — disse ela, dando uma risadinha. — Como eu saberia a diferença entre um pênis circuncidado e um não circuncidado?

— Pesquisando na internet, boba.

— Não é tão divertido quanto sua descrição.

— Eu só sabia o que vi on-line — revelei, revirando os olhos.

— Eu me pergunto se Aiden...

— Pode parar, hein? — pedi, levantando a mão. — Sou descolada, mas não tanto assim. Não quero falar sobre o pênis do meu irmão ou o quanto ele é bom de cama. E eu nunca quero ouvir que ele chupou você, ouviu?

— Liv — disse ela, fazendo uma careta. — Até parece que isso ia acontecer um dia.

— Nunca se sabe.

— Duvido que Aiden vá reparar em mim, não importa o que eu vista. — Ela deitou na cama junto comigo. — Ele não está a fim de mim.

— De acordo com Xander, tanto Scott quanto Aiden estão a fim de você.

— O quê? — Ela revirou os olhos e se virou para mim. — Tá de sacanagem, né?

— Não. — Dei de ombros. — Ele disse que acha que os dois estão a fim de você.

— E por que ele acha isso? Será que eles comentaram com ele?

— Ele nunca os tinha visto antes, Alice — ressaltei, balançando a cabeça. — Não acho que nenhum deles disse alguma coisa para Xander, é só uma observação que ele fez depois de ficar dez segundos no quarto com a gente.

— Ah — murmurou ela com uma careta. — Então isso não significa muita coisa.

— É, na verdade, não — concordei, e me sentei. — Agora me mostre suas roupas que eu vou ajudar a escolher o que você vai vestir.

— Sou péssima.

— Nós duas somos péssimas — resmunguei. — Eu flertei com Henry para enciumar Xander.

— Ah, o irmão do sr. Língua? — perguntou Alice de olhos arregalados.

— É, ele é um fofo — confirmei, assentindo. — Acho que você gostaria dele.

— Não preciso de um terceiro cara com quem me preocupar.

— Um terceiro? — perguntei, franzindo o cenho. — Quem é o segundo?

— Bem, você disse que Scott gostava de mim... — disse ela com um fio de voz.

— Ai, meu Deus, Alice, então você também gosta de Scott? — perguntei. Era minha vez de ficar chocada.

— Não, sim, não, sei lá — disse ela. — Ele também é legal.

— Alice, você que é a cachorra agora.

— Nós duas somos cachorras — comentou ela, dando uma risadinha, e pegou duas blusas. — Qual delas?

— A blusa branca com o jeans skinny. O azul — falei. — E a sandália branca de salto.

— Tomar café de salto? — retrucou ela. — Tem certeza de que não é demais?

— Acredite, não é demais — garanti, segurando uma risada.

Se ela estava disposta a usar cílios postiços, lápis preto e apliques de cabelo, usar salto para tomar café da manhã estava longe de ser demais.

— Tá bom, se você está dizendo que vai ficar legal — disse ela, dando uma risadinha. — Talvez Aiden vá olhar direito para mim e falar: "Onde você esteve minha vida toda?"

— É, talvez.

Ofereci-lhe um sorriso amarelo. Eu estava bastante certa de que Aiden não tinha um único fio de cabelo romântico.

— E o que mais aconteceu entre você e Xander?

— Nada de mais. Ele é tão idiota, argh — resmunguei. — Por que ainda sinto tesão por ele?

— Porque ele é gostoso — disse ela. — E porque ele tem uma língua que faz você gozar em segundos.

— Alice!

— O quê? Só estou repetindo o que você me falou.

— Isso foi quando eu ainda gostava dele. Quando ele era um estranho com quem fiquei no casamento. Quando era algo excitante que eu poderia lembrar e fantasiar. Agora não posso fazer nada disso.

— Na verdade, ainda pode, mas seria um pouquinho estranho.

— Foi ele que tentou transar comigo de novo. Será que eu conto a Gabby?

— Acho que você devia — disse ela, assentindo. — Ele não pode ter uma coisa e querer outra. Seria errado.

— Acha mesmo que eu devia contar a ela? — perguntei, surpresa.

— De jeito nenhum! — exclamou ela, de cenho franzido. — Se disser alguma coisa, Gabby nunca vai perdoar você e todos na sua família vão achar que você é uma vagabunda e Aiden vai achar que sou má influência.

— Alice! — Balancei a cabeça.

— E, para ser sincera, não acho que é uma boa ideia, Liv. Deixe o final de semana passar, vamos voltamos para casa e esquecê-lo. Gabby o merece. Os dois são idiotas.

— É, acho que sim.

— E, além disso, nem sabemos direito por que eles vão se casar.

— Verdade — concordei. — Não faço ideia do porquê ele a pediu em casamento tão de repente.

— É, é meio estranho. Talvez ele seja um traficante de drogas ou faça parte da máfia ou algo do tipo. Talvez Gabby dê o bebê para adoção, como Rumpelstichen ou *A Profecia* ou algo do tipo.

— *A Profecia?*

— É, você sabe, aquele filme em que a mulher deu à luz Damian, o diabo.

— Ela vendeu o filho ao diabo?

— Não, o bebê era o diabo.

— Ah. — Cocei a lateral da cabeça. — Está dizendo que acha que Gabby vai dar à luz o diabo?

— Não, quis dizer que talvez ela vá vender a alma ao diabo, e Xander é o diabo.

— Eu não estranharia se descobrisse isso.

— Imagine se você tivesse dormido com o diabo de verdade, você teria que passar o resto da vida na igreja pedindo perdão, só por uma chance de ir para o paraíso.

— Obrigada, Alice, isso me faz sentir bem melhor — resmunguei. — Estou condenada.

— Você não está condenada. Talvez você goste de Henry, ou podemos encontrar outro cara. Vamos fazer Xander perceber que ele pode tomar no cu com o próprio pinto.

— Seria engraçado — comentei, com uma risadinha.

— Não seria? — Ela riu comigo e nós duas ficamos nos olhando por alguns segundos antes que ela acrescentasse: — Tenho o pressentimento de que este final de semana também vai ser louco.

— Eu também, mana. Eu também.

6

— Liv. — A voz de Gabby ecoou pelo banheiro. — Você está aí?

Congelei ao ouvir sua voz e percebi que Xander estava se segurando para não rir enquanto mantinha a mão na minha boca.

— Liv? Está aí? — repetiu Gabby. — Fale alguma coisa se estiver. Estamos procurando você, Alice, Xander e Scott. Mamãe e papai querem pagar a conta e ir embora.

Olhei para Xander com o rosto muito vermelho, e senti meu corpo deslizando pelo corpo dele até suas mãos escorregarem para meu bumbum e ele me puxar para cima, então voltei a me aconchegar com firmeza no corpo dele, seu pau aninhado entre minhas pernas.

— Liv? Alice? — repetiu Gabby, parecendo irritada.

Eu mordi o lábio inferior, envergonhada, e ouvi quando ela se afastou do banheiro.

— Sou uma péssima irmã — resmunguei.

Gritei quando Xander ignorou meu comentário e voltou a me penetrar repentinamente.

— Não é, não — disse ele, sorrindo e apertando os dedos na minha bunda conforme entrava e saía de mim. Apertei sua cintura com mais força e mordi seu ombro para me impedir de gritar em êxtase.

Sei que você se está se perguntando o que aconteceu no café da manhã que me levou a dar para Xander de novo, ainda mais no banheiro do restaurante. Em primeiro lugar, você precisa saber que não sou o tipo de garota que rouba o namorado de outra. Nem na escola, nem na faculdade. Nunca. Eu nunca fui a garota que vai atrás do homem de outra mulher. Não faço essas coisas, mas você tem que entender que essas circunstâncias eram extenuantes. Xander não era exatamente o namorado de Gabby e, bem, era muito difícil dizer não a ele. Muito difícil mesmo.

Não saí de casa esperando transar com Xander novamente. Não fazia parte do plano. Não mesmo. Eu planejava ignorá-lo, mas isso tudo foi ladeira abaixo assim que entramos no SUV para ir ao restaurante duas horas antes.

— ESTOU TÃO FELIZ POR TODO mundo ter vindo para casa receber minhas boas notícias — declarou Gabby, sorrindo, no banco do passageiro do Lincoln Navigator do meu pai. — Vocês são demais.

Ela olhou para mim e depois para Alice.

— Não acredito que até gente que não foi convidada apareceu.

Olhou mais uma vez para Alice e se virou para Aiden, que dirigia o carro.

— Por que você não foi com mamãe, papai e Chett? — perguntei a Gabby, já de saco cheio dela, e isso porque estávamos no carro havia somente cinco minutos.

— Porque eu queria ir com meu noivo e o irmão dele — disse ela, com um sorriso amoroso para Xander. — E eu queria ir no Lincoln. Cabem oito pessoas, e eu queria o máximo possível de pessoas comigo para desfrutar da minha companhia enquanto comemoramos este final de semana.

— Yupi! — exclamou Alice, olhando para mim com um sorrisinho.

— Cresça — retrucou Gabby, revirando os olhos. — Vocês duas já são formadas e já têm 22 anos. Parem de agir como se tivessem doze.

— Não fale com Alice assim — repreendi.

— É, dê um tempo — pediu Scott do banco de trás. — Ninguém quer ouvir seus sermões o dia inteiro.

— Scott — disse Aiden, ao parar no semáforo, e olhou para o banco de trás. — Este é o final de semana de Gabby. Tenha respeito.

— Tá bom, tá bom. Ninguém morreu e fez de você o novo John Boy Walton, Aiden — retrucou Scott, e Alice e eu achamos graça do comentário.

Aiden olhou para Alice por um segundo, e então ela corou e parou de rir.

— Veja o que você fez. — Eu me virei e olhei para Xander, que estava sentado na última fileira com um sorriso cínico no rosto. Henry estava ao lado e parecia um pouco desconfortável.

— Liv — repreendeu Gabby. — Não fale assim com meu noivo.

— Estou mentindo?

— É por isso que você ainda está solteira e não consegue arranjar namorado — censurou Gabby novamente, com os olhos queimando os meus. — Você não sabe como tratar um homem.

— E você sabe? — Fiquei boquiaberta com a grosseria.

— Eu é que estou noiva — disse ela, exibindo a aliança, e eu me virei, querendo tanto gritar para todo mundo que fui eu quem transou com ele no final de semana anterior.

— Meninas — pronunciou-se Aiden mais uma vez. — Basta, Gabby.

— O quê? Liv é que...

— Você está sendo grosseira com Liv e Alice, então pare.

Todos ficaram em silêncio no carro. Acho que nenhum de nós acreditou que Aiden tivesse falado daquele jeito com Gabby. Ele nunca a tinha repreendido. Os únicos em quem ele pegava no pé eram Scott e eu; até para Chett não costumava sobrar. Eu me virei e olhei para Xander mais uma vez, mas me impedi de encará-lo porque Henry estava ao lado. Estávamos todos mais do que prontos para chegar ao restaurante, e logo Alice e eu saltamos depressa do SUV e nos encaminhamos à entrada.

— Quem imaginaria que Aiden ia me defender? — comentou Alice com um sorriso, e eu tentei não revirar os olhos.

— E então, ainda vamos dividir aquelas panquecas? — perguntou Henry, se apressando para nos acompanhar.

— Por mim, está de pé — confirmei, e sorri. — Só lembre-se...

— Sem bacon, eu sei — completou ele.

— Hum, não acho que fomos apresentados formalmente — disse Alice, estendendo a mão. — Sou Alice, melhor amiga de Liv e principal apoiadora dela.

— Oi, Alice — cumprimentou ele, apertando a mão de Alice. — Sou o irmão mais novo de Henry e ajudante geral.

— Muito prazer, ajudante — falou Alice, sorrindo.

— Muito prazer, principal apoiadora — replicou ele, retribuindo o sorriso.

— Alice, eu queria falar com você. — De repente Aiden estava ao lado de Alice, e notei que ela o observava com um ar de deslumbre.

— Para que você veio este final de semana? — perguntei a Henry quando entramos no restaurante para nos juntar aos meus pais e a Chett. Eu ouvia a conversa de Gabby e Xander atrás de nós.

— Xander me pediu para vir — murmurou Henry. — Para ser sincero, eu nunca tinha ouvido falar de Gabby antes de vir para cá. — Ele olhou para trás por um rápido segundo. — E ela não é o tipo de garota com quem eu esperaria que ele se arranjasse. Quer dizer, nunca achei que ele fosse se casar um dia — acrescentou, rindo.

— Ah, é? Por quê?

— Meu irmão é um playboy. Um solteirão assumido, por assim dizer. Ele sempre disse que não tinha qualquer intenção de se casar ou ter filhos.

— É mesmo? — Eu queria tanto me virar e perguntar a Xander por que se casaria com Gabby. — E por que você acha que ele vai se casar com Gabby?

— Minha mãe disse que Xander se casaria quando se apaixonasse — contou ele, sorrindo. — Ela sempre disse que não dera à luz robôs e que chegaria o dia em que uma mulher conquistaria o coração dele e ele nunca mais seria o mesmo. Acho que esse dia chegou.

— Nossa! Então você acha que ele realmente a ama?

— Como é que eu vou saber? — Henry deu de ombros e desviou o olhar.

— Como assim? O que você não está me contando?

— Não quero ser grosseiro — disse Henry. — Mas acho que alguém como Gabby nunca faria o tipo dele. Sei que ela é sua irmã e tudo, mas ela é tão... — A voz dele desvaneceu e eu ri.

— Ela é uma vaca.

— Não era isso que eu ia dizer.

— Não tem problema — falei, rindo, e enrosquei meu braço no dele, me sentindo genuinamente feliz por ele estar ali conosco.

Fomos até a mesa e meus pais se levantaram, enquanto Chett tagarelava com alguém ao telefone.

— Todo mundo a chama assim — sussurrei na orelha de Henry antes de nos sentarmos.

— Sério? — Ele me olhou surpreso.

— E por todo mundo, me refiro a Alice e a mim — complementei com um sorriso, enquanto ele ria.

— Do que vocês dois estão rindo? — repreendeu-nos Xander.

— Não é da sua conta — retruquei, e pisquei para Henry, que riu mais uma vez.

— Humpf — fez Xander com a garganta, mas não disse nada.

— Vou me sentar com você. — Henry sentou-se na cadeira ao meu lado, e eu abri um sorriso alegre.

— Acho que vou me sentar do outro lado — disse Xander, e se jogou na cadeira do meu outro lado.

— Mas Alice ia se sentar aí.

— Bem, agora ela não vai mais, não é? — replicou ele, levantando uma das sobrancelhas.

— Que seja. — Desviei o olhar dele e vi Gabby, que nos encarava com adagas nos olhos. — Pensei que você ia querer sentar com sua noiva. Não tem nenhuma cadeira à sua direita — observei em tom rígido.

— Você pensou errado.

— E você, dormiu bem? — perguntei a Henry, decidindo ignorar Xander. Não iria deixá-lo me provocar na frente de todo mundo à mesa. Eu sabia que meus pais não ficariam felizes se me ouvissem praguejando.

— Sim, dormi super bem, obrigado — Henry assentiu. — E você?

— É, eu me senti... argh!

Saltei quando senti uma mão na minha perna. Olhei para Xander, mas ele estava ocupado falando com meu pai, que estava do outro lado da mesa. Peguei a mão dele por baixo da mesa e tentei tirá-la da minha coxa, mas sem sucesso; no máximo, estava causando o efeito contrário, e a mão subia pela minha coxa. Ah, por que deixei Alice me convencer a usar saia?

— Pare — sussurrei para Xander, mas ele não prestou atenção.

— Está bem, Liv? — perguntou-me Henry, e eu assenti.

Como poderia dizer a ele que os dedos do irmão estavam subindo e descendo pela parte interna da minha perna e que eu estava começando a ficar excitada?

— Aham. Pois é, me disseram que você é solteiro... — falei, e só então percebi que todos na mesa estavam me olhando em silêncio.

— Mas que descarada, Liv — censurou Gabby.

— Como assim? — Dei a ela meu olhar mais fuzilante.

— Você nem disfarça que está interessada — disse ela, balançando a cabeça. — Mamãe e papai deviam ter matriculado você na aula de etiqueta, talvez assim você tivesse um pouco de classe.

— Você está me falando de classe? — retruquei, rindo, e olhei para Alice. — Você, a garota que saía às escondidas para se encontrar com Tommy, o cara do lava-jato, nas noites de sexta para transar no banco de trás dos carros dos ricaços?

— Liv — admoestou minha mãe, corando. — Já chega.

— Foi ela que começou — protestei.

— Liv — chamou Aiden. — Já chega.

— Sim, papai. — Revirei os olhos para ele. — Ah, peraí, meu pai está sentado ao lado da minha mãe. Então quem é você, senhor? — perguntei, o volume da minha voz aumentando conforme os dedos de Xander subiam pela minha perna e desbravavam lentamente o caminho.

Fechei as pernas, mas foi a jogada errada, porque prendi os dedos dele entre elas e senti-os acariciando meu botão. Ah, meu Deus, por que era tão gostoso? Queria mandá-lo à merda, mas eu não podia. Parte de mim se deliciava com o que estávamos fazendo. Sei que isso parece terrível, mas você tinha que estar na situação, com sua irmã mais velha horrível, mandona e metida a superior do outro lado da mesa olhando para você como se eu fosse um cocô de cachorro preso na sola do salto Jimmy Choo dela.

— Já deu, Liv — pronunciou-se meu pai, por fim. — Agora não é hora de você e Gabby brigarem.

— Não estou brigando. Só estou dizendo o... ah...

Minha voz sumiu quando senti o indicador de Xander batendo de leve no meu clitóris, acariciando-o. Eu ia matar aquele cara.

— Você é uma invejosa, uma... — começou Gabby, irada.

— Que isso, gente?! — cortou-a Scott. — Temos convidados. Não queremos que Xander e Henry achem que somos loucos.

— E quanto ao que eu acho? — perguntou Alice com um sorrisinho.

— Você já sabe que somos loucos. — Ele piscou para ela, que riu.

— Verdade.

— Vocês já acabaram? — disse Aiden, fuzilando-os com o olhar, e eu me virei chocada para o rosto convencido de Xander.

Será que ele estava certo? Tanto Scott quanto Aiden tinham uma quedinha por Alice? Ah, meu Deus, será que minha família poderia ficar ainda mais surtada?

— Por favor, não se preocupem conosco — declarou Xander, enquanto seu dedo me acariciava com delicadeza. — Meu irmão e eu estamos felizes em compartilhar tudo com a família. Nós perdemos nossos pais alguns anos atrás e estamos felizes por fazer parte da estrutura familiar de vocês.

— Ah, vocês são órfãos? — perguntei com o coração de repente urgindo de desejo por ele.

— Temos um avô que está muito bem — respondeu ele, me olhando e sorrindo. — Na verdade ele ainda atua nos negócios da família, mandando e desmandando.

— Ah, é?

— Ele quer herdeiros para a empresa — contou Henry, rindo. — Antiquado, não? Ele disse que não vai nos passar nossa parcela do negócio até nos ver casados e com filhos.

— Uau! — Olhei para Henry. — Que loucura!

É claro que eu estaria mentindo se dissesse que meus pensamentos não estavam a mil. Era por isso que Xander iria se casar com Gabby?

— Então é ótimo que você já esteja grávida, não é, Gabby? — comentou Alice, de repente. — Xander vai ter esposa e filho para mostrar ao avô.

Fez-se silêncio na mesa, e eu vi quando a mão de Alice voou até a boca e ela se virou para mim de olhos arregalados. Minha amiga tinha esquecido que meus pais não podiam saber do bebê.

— Que bebê? — indagou Aiden, de cenho franzido, olhando para Gabby.

— Não sei do que ela está falando — retrucou Gabby com o rosto enrubescido. — Vamos fazer os pedidos.

— É por isso que você vai se casar com ela tão depressa? — perguntou Scott a Xander.

— Já chega — ordenou meu pai, de cara feia, e olhou o cardápio. — Não vamos ter esta conversa à mesa.

— Você precisa deixar de ser tão invejosa, Liv — disse Gabby, me fuzilando com o olhar. — E pare de fofocar sobre mim. Sei que você não tem vida própria, mas não é culpa minha.

Fiquei boquiaberta ao ouvir isso, e não consegui evitar o que fiz em seguida. Abri o cardápio e, enquanto mantinha os olhos nele, enfiei a mão debaixo da mesa e comecei a acariciar a parte da frente da calça de Xander, assegurando que minha mão fizesse contato com sua masculinidade. Senti que ele olhou para mim e se reclinou na cadeira, então abri o zíper da calça devagar e deslizei a mão para tocá-lo diretamente. Percebi que ele se mexeu na cadeira conforme meus dedos envolviam seu pau nu, e sorri para mim mesma ao senti-lo ficando rígido nos meus dedos. Olhei para cima e vi Gabby, que se encontrava a poucos centímetros e não fazia ideia do que estava acontecendo.

Olhei de volta para o cardápio e decidi ser ainda mais ousada. Tirei o pau de Xander da calça e o ouvi gemer baixinho quando minha mão começou a se mover para cima e para baixo rapidamente. Senti sua mão agarrar meu pulso, e ele se inclinou e sussurrou no meu ouvido.

— Você precisa parar, Liv.

— Parar o quê? — Eu me virei para ele e dei-lhe um sorrisinho.

— Pare — repetiu ele com os olhos fuzilando os meus. — Não brinque com fogo se não quiser se queimar.

— Já me queimei uma vez. Que diferença faz outra cicatriz? — murmurei, e ofeguei quando senti os dedos dele deslizando pela lateral da calcinha e começarem a roçar meu clitóris com vigor.

— Parece que você já está molhada o suficiente para apagar o fogo — murmurou, continuando a me acariciar. — Você já está pronta para mim, não está? Sua safada!

— Você é um cachorro. — Meus dedos subiam e desciam mais rápido conforme ele me acariciava.

— Vai pedir o quê? — perguntou-me Alice do outro lado da mesa, e eu olhei-a com uma expressão culpada.

Tive muito medo de alguém perceber o que estávamos fazendo. Se alguém derrubasse algo da mesa e se abaixasse para pegar, veria minha mão deslizando pelo pau dele e veria os dedos dele entre minhas pernas se movendo sob a calcinha.

— Não sei ainda — respondi, sem fôlego.

— Por que não pede um enroladinho de salsicha? — sugeriu Xander, e olhei para ele, repreendendo-o de leve.

Tirei minha mão do pau dele e tentei me afastar. De repente, as possíveis consequências desastrosas do que estávamos fazendo caíram em cima de mim. Por que eu estava correndo esse risco?

— Não gosto de salsicha — retruquei, olhando-o com raiva. — Não acho gostoso.

— Ah, é? — Ele apoiou as costas na cadeira, e senti seus dedos saindo da minha calcinha. Puxei a saia para baixo sem demora e me virei para a esquerda.

— É, prefiro bacon a salsicha. — Eu não tinha ideia do que estava falando, mas precisava recuperar o fôlego.

— Gosto dos dois — disse ele. — Na verdade, posso comer qualquer coisa, desde que seja gostoso.

Levou os dedos ao rosto como quem não quer nada, e observei-o sugando meus líquidos de cada dedo, um por um.

— O gosto é muito importante.

Ele piscou para mim enquanto lambia os lábios, e me virei para o outro lado, me sentindo ainda mais excitada do que antes.

Pedimos os pratos e a calmaria tomou conta da mesa. As conversas se deram principalmente entre meu pai e Xander, sobre ações, contratos e outras coisas entediantes. Fiquei de boca fechada e comi meu prato. Mas notei que tanto Aiden quanto Scott puxavam papo com Alice, e ela parecia adorar receber atenção. Eu ia ter que perguntar a ela o que estava acontecendo quando voltássemos para casa.

Henry e eu compartilhamos panquecas, e eu estava começando a desejar tê-lo conhecido antes de Xander. Ele parecia um cara bem mais legal que o irmão mais velho.

— Com licença, vou ao banheiro.

Eu me levantei da mesa e corri para o banheiro após terminar de comer. Olhei para Alice dando a entender que ela deveria me seguir e fui em frente. Assim que entrei no banheiro, corri para o espelho, retoquei o batom, arrumei o cabelo e fiquei esperando. Alguns minutos depois, a porta se abriu e eu olhei com um sorriso no rosto, esperando que Alice fosse entrar.

— O que está fazendo aqui? — ofeguei quando vi Xander.

— O que você acha? — Ele marchou em minha direção com uma expressão imperiosa.

— Você não pode entrar aqui.

— Por que não?

Ele parou diante de mim e lambeu os lábios enquanto seus braços me envolveram pela cintura e me puxaram.

— Xander — suspirei, quando ele levantou minha camiseta e tirou meu seio esquerdo do sutiã. — O que está fazendo?

— O que você acha? Ele se inclinou e sugou meu mamilo. Gemi quando seus dentes roçaram no meu seio e ele sugou com mais força.

— Xander — repeti, gemendo. — Não podemos.

— Venha.

Ele me pegou pela mão, me guiou até uma das cabines e trancou a porta. Suas mãos rastejaram até meus seios e ele brincou com ambos os mamilos enquanto permanecíamos de pé naquele espaço diminuto. Minha respiração pesada era o único som no banheiro silencioso.

— Isto é tão errado — gemi quando senti suas mãos subirem pela minha saia e agarrarem os dois lados da minha bunda.

— Por quê?

— Você está comprometido com minha irmã.

— Somos mais amigos do que qualquer outra coisa.

Ele inclinou o rosto e sugou meu pescoço, com os dentes mordendo minha pele. Eu o agarrei pelos cabelos e passei as mãos por seus ombros e por dentro da camisa para sentir o peitoral nu.

— Por que você vai se casar com ela?

— É uma transação comercial.

Ele pegou meu rosto e me deu um beijo arrebatador. Sua língua deslizou com facilidade, assumindo o controle da minha língua e me possuindo. Seus lábios eram ávidos, e eu retribuí o beijo apaixonadamente, incapaz de resistir a ele e sua presença. Ele era meu senhor e eu era sua vassala, e era assim que devia ser naquele momento. Ele me levantou e passei as pernas por sua cintura. Eu estava tão envolvida no calor do momento que nem pensei em impedi-lo. Senti sua mão descer entre nossos corpos e ele abriu o zíper, então seu pau despontou poderoso, deixando claro para nós dois quem estava no comando. A mão dele deslizou para trás de mim e senti-o levando meu corpo um pouco para cima, antes de puxar minha calcinha para o lado com a mão.

— Xander — perguntei com um olhar investigativo.

— Sim?

Ele sorriu, e senti o pau dentro de mim, em resposta.

— Ah — gemi. Ele apoiou minhas costas na porta e começou a se mover para frente e para trás.

— Segure-se — grunhiu, enquanto me penetrava.

— Ah! — gritei quando ele meteu com força, e então parou.

— Shh, querida — disse ele, rindo. — Morda meu ombro se precisar, mas não pode fazer barulho.

— Estou tentando — gemi, quando ele deslizou com facilidade para dentro de mim.

Ele ia cada vez mais fundo e eu senti o clímax se aproximando rápido. Eu estava quase no topo da montanha e sabia que a descida seria explosiva.

— Você é tão sexy. — Ele me beijou enquanto entrava e saía de mim, mais devagar, então. — Olhe para mim — ordenou, e eu olhei-o nos olhos. Tão, tão sexy — gemeu, ajustando a posição e aumentando um pouco o ritmo.

— Não deveríamos estar fazendo isto — protestei, sem muita vontade, sabendo que eu não queria que ele parasse.

— Por que não? — perguntou, trazendo minha bunda para cima, já que eu estava escorregando.

— Porque... — comecei, e então fechei a boca porque ouvi a porta do banheiro se abrindo.

— Liv, Liv, você está aí?

A voz de Gabby ressoou pelo banheiro, e eu congelei. Notei que Xander se segurava para não rir. Que tipo de homem acha engraçado quase ser flagrado pela noiva transando com a irmã dela num banheiro público? Ele é doente, é o que eu acho. Sei que estou ensinando o Pai Nosso ao vigário e estou piorando as coisas ao deixar que ele me coma. Quer dizer, eu deveria tê-lo impedido quando ele começou a me atiçar debaixo da mesa, mas Gabby me deixou muito irritada.

— Nós vamos para o inferno — sussurrei em sua orelha, quando ele continuou a me comer, depois que Gabby saiu do banheiro.

— Fale por si mesma — retrucou com um gemido, acelerando o ritmo e metendo com mais força.

Senti quando ele explodiu dentro de mim alguns segundos depois que atingi o clímax. Meu corpo tremia violentamente contra a porta e o corpo dele quando gozamos juntos. Arfei em êxtase enquanto permanecíamos ali por alguns segundos, nos permitindo desfrutar de nossos orgasmos mútuos. Então deslizei pelo corpo dele até pousar os pés no chão, me sentindo culpada pra caramba. Ele levantou a mão, ajeitou meu sutiã, cobrindo meus seios, e abaixou minha camiseta.

— Adoro café da manhã — disse ele com um sorriso.

— Como assim? — perguntei, olhando-o nos olhos. — Do que está falando?

— Adoro uma boa transa de café da manhã — explicou, então se inclinou e me beijou. — Mas me desculpe por não ter exercitado minha língua. Talvez mais tarde.

— Você é um cretino — Balancei a cabeça. — Não tem vergonha, não?

— Vergonha? Eu? — Ele riu e passou as mãos pelo cabelo, depois ajeitou a camisa e a calça. — Nem um pouco — respondeu, abriu a porta do banheiro e saiu.

Fiquei ali observando enquanto saíamos. Ele parou diante da porta principal e se virou para mim.

— Ah, Liv. Pare de flertar com Henry. Nunca vai rolar.

— O quê? — retruquei, boquiaberta.

— Meu irmão não vai querer minhas sobras — disse ele, estreitando os olhos. — Por isso, pare de flertar com ele.

— Seu imbecil. — Meu coração acelerou. Naquele momento eu odiava tanto a ele quanto a mim mesma. — Como ousa?

— Como ouso o quê? — indagou ele, me olhando de cima a baixo. — Deixe meu irmão em paz.

— Eu faço o que eu quiser.

— Somos da mesma laia, Liv. Você não pode querer bancar a santinha. Você acabou de transar comigo na cabine do banheiro enquanto sua irmã esperava do lado de fora. Você sabe os motivos e, mesmo assim, o fez. Não sou o único cretino neste banheiro.

— Como ousa? — retruquei, à beira de lágrimas. Não era assim que eu esperava que as coisas acontecessem.

— Sei que você não entende minhas razões para me casar com Gabby, se não a amo — disse ele, dando de ombros, com os olhos queimando os meus. — Mas não é seu papel entender. Alguns de nós sabemos que o amor é motivo mais idiota para se casar.

— O quê?

— Falei que pedi Gabby em casamento na semana passada porque no outro final de semana fiz algo de que me arrependi. Você me perguntou se foi ter feito sexo com você. — Os olhos dele estavam sombrios. — E a resposta é sim. Eu me arrependo de ter transado com você no final de semana passado. Foi você que me fez decidir pedir Gabby em casamento. Não porque você é irmã dela. Eu não sabia disso antes.

— O que eu fiz, então?

— Não importa — respondeu ele, e sua expressão se suavizou por um instante. — Tudo o que importa é que estou noivo dela e você vai ter que lidar com isso.

— Eu te odeio — declarei, com o estômago revirando de desapontamento e rejeição. Na verdade, o que eu queria dizer é que odiava a nós dois. Odiava ter sido tão fraca a ponto de transar com ele de novo.

— Não odeia, não — disse ele com uma risada, virando-se para o outro lado. — Você odeia as sensações que eu provoco em você. Odeia não ter controle sobre si mesma quando está perto de mim. Odeia perceber que, quando estou dentro de você, você finalmente se sente completa. Odeia o fato de que seu corpo me pertence.

— O quê? — retruquei com um fio de voz. — Por que diz isso?

— Porque é exatamente assim que me sinto — declarou, me dando um último olhar, depois saiu do banheiro, me deixando ali de pé, atordoada.

7

— Onde você estava? — perguntou Alice quando saí do restaurante.

— Nem queira saber — resmunguei. — Onde você estava?

— Nem queira saber — repetiu ela, e nós nos olhamos por alguns segundos.

— Ah, Alice. Estou tão ferrada!

— O que você fez?

— Eu estava no banh...

— Aí está você — disse Gabby, saindo do restaurante. — Estávamos procurando você — acrescentou com um olhar de desaprovação.

— Estou aqui. O que você quer? — perguntei, olhando para a bochecha dela. Eu estava muito envergonhada para olhá-la nos olhos. Não queria que ela visse minha vergonha.

— Queria pedir desculpas.

Ela mordeu o lábio inferior, e eu olhei-a em choque. O que foi que ela disse?

— Ãhn? — retruquei, e olhei para Alice, que também estava cética.

— Queria pedir desculpas a vocês duas — suspirou Gabby. — Agi como uma escrota e fui grosseira com vocês. — Ela me olhou nos olhos e fiquei surpresa em notar uma expressão de sinceridade. — Acho que sempre tive ciúmes da amizade de vocês e desabafei da pior forma esta manhã. Eu não deveria ter feito isso.

— O quê? — perguntei, engolindo em seco.

Por que ela tinha que escolher justo aquele dia para se tornar uma nova irmã mais velha, mais amorosa? Por que logo depois de eu tê-la traído? Ah, por que, por quê?

— Fui grosseira e maldosa — disse ela, pegando minha mão. — Sinto muito. Eu não deveria ter dito aquelas coisas esta manhã ou ontem.

— Eu, hum, o que levou você a querer se desculpar?

— Conversei com Chett — contou ela. — Ele já sabia sobre o bebê. E ele sabe que não é de Xander. — Ela mordeu o lábio inferior. — Sou muito sortuda por ter encontrado um homem como Xander.

— Ah, é? — falei com um sorriso amarelo. Por favor, não diga que você se apaixonou por ele. Por favor, por favor, por favor.

— Ele não precisava assumir a mim e a um bebê que não era dele — disse ela. — Eu sei disso, mas sou tão grata por ele...

— Estou tão feliz por você — interrompeu-a Alice, e eu nunca me senti tão grata por minha amiga quanto naquele momento. Eu não estava certa de que poderia ficar ali e continuar ouvindo Gabby tagarelar sobre Xander sem vomitar. — Você deve estar muito animada para planejar o casamento.

— É, estou, sim — confirmou Gabby, e suspirou.

— Deve ser legal saber que um cara bonitão como Xander quer namorar alguém como você.

— Porra, como assim? — retrucou Gabby, e eu congelei.

Alice e eu nos olhamos por alguns segundos e eu soube que estávamos pensando a mesma coisa. Será que Gabby mudou mesmo de ideia ou alguém a convenceu a fazer isso?

— Aí estão vocês.

Xander e Henry saíram do restaurante e, conforme se aproximavam, evitei olhar para Xander.

— Conversou com sua irmã, Gabby? — perguntou o noivo, e eu percebi que foi ele quem a encorajou a pedir desculpas.

— Sim — disparou Gabby, e eu e Alice sorrimos uma para a outra.

— Que bom — disse Xander, indo até mim, e me deu um tapinha no ombro. — Você deixou nós todos preocupados.

— O quê? Por quê?

— Você desapareceu — respondeu ele, com os olhos queimando os meus.

— Desapareci.

— Sim. — Ele me deu um sorrisinho. — Fiquei preocupado, achando que você pudesse ter sumido, caído num buraco ou algo do tipo.

— Aham, pode crer.

— Ela está bem — disse Alice, dando um passo à frente com o cenho franzido, e encarou Xander. — Não precisa se preocupar.

— Tudo bem.

Ele olhou para Alice e depois para mim, e notei que ele devia estar se perguntando por que ela estava agindo de maneira tão fria. Para ser sincera, eu também estava surpresa. Nunca tinha visto Alice olhar para alguém daquele jeito.

— Vamos, podemos esperar no carro — disse ela, agarrando meu braço, e nos afastamos de Xander. Eu senti que ele nos observava enquanto nos afastávamos.

— O que foi isso? — perguntei, olhando-a de relance.

— Não gosto dele — Ela fez uma careta. — Ele não deveria estar jogando com você e com sua irmã. Ele é um cretino. Não gosto quando ele fica tentando te irritar.

— É, não sei qual é o objetivo dele com esses joguinhos — comentei.

— Apenas fique longe dele. — Ela olhou para mim quando chegamos ao carro. — Ele acha que pode ter tudo o que quer, e eu acho que não. Quer dizer, ele é legal como um casinho de festa de casamento, mas você merece mais do que ele está oferecendo.

— Pois é, não acredito que acabei de transar com ele de novo.

— Você o quê? — perguntou Alice, boquiaberta.

— Aham — confirmei, assentindo, com o rosto corado.

— Onde? — Ela balançou a cabeça e olhou ao redor.

— No banheiro — sussurrei.

— Não vou nem perguntar como — disse ela, dando uma risadinha. — Ah, Liv.

— O quê? — resmunguei, e enterrei o rosto nas mãos. — Sou péssima, não sou?

— Não sei. Você fez aquilo? — Ela riu mais uma vez e sacudiu as sobrancelhas.

— Não, não paguei um boquete no banheiro — falei, rindo. — E não, ele também não teve a oportunidade de usar a língua milagrosa.

— Só o pinto milagroso?

— Alice! — Mordi o lábio inferior e resmunguei novamente. — Mas foi tão gostoso. Tão gostoso e tão malvado.

— É porque ser malvado é sempre gostoso. — Ela olhou para os lados antes de continuar: — Foi tão bom quanto da última vez?

— Foi ainda melhor — respondi, gemendo. — Por que, por que, por quê? Por que isso tem que acontecer comigo?

— Não é sua culpa.

— Eu sempre conheço os caras mais cretinos.

— É, mas, pelo menos, esse cretino é bom na cama.

— Ou num banheiro público — acrescentei, rindo.

— Não sei por que não conhecemos caras legais — suspirou ela. — O que há de errado com a gente? Somos mulheres boas. Bonitas. Sinceras. Adoramos nos divertir. Que merda, se eu fosse lésbica namoraria nós duas.

— Você namoraria a si mesma?

— Com certeza — respondeu, rindo. — Sou o máximo.

— Verdade.

— Só queria que alguém além de nós duas soubesse disso — lamentou ela, e se apoiou no carro. — O que há de errado com a gente, Liv? Por que sempre nos enfiamos nessas roubadas?

— O que aconteceu com você? — perguntei. — Contei do que houve entre mim e Xander, mas o que aconteceu com você agorinha?

— Eu estava flertando com o garçom para tentar causar ciúmes em Aiden e, bem, o garçom tentou me beijar e Aiden viu e me olhou de um jeito que me fez sentir uma vagabunda.

— Ah, Alice — murmurei, feliz por ela não ter flertado com Scott. Já pensou se ela tivesse causado uma briga entre os irmãos? Isso teria feito minha família virar um espetáculo de circo. Não que estivéssemos muito longe disso.

— Eu sei. Não tenho juízo.

— Nós duas — falei, rindo.

— O que vamos fazer?

— Precisamos esquecê-los todos. Vamos sair hoje à noite, conhecer gente nova e nos divertir.

— Você quer? — Alice não parecia animada com a ideia.

— Sim! Não precisamos deles! Somos duas garotas gostosas. Precisamos de dois caras gostosos que nos valorizem.

— Não sei... — resmungou ela. — Quando estávamos na faculdade, não tínhamos muita sorte.

— É porque éramos nerds — comentei, com uma risadinha. — E não sabíamos jogar o jogo. Nós não nos arriscávamos e nos contentávamos com zé-manés. Você namorou Luke e ele se casou com Joanna, nossa ex-colega de quarto. E eu namorei Justin e Evan, e nós duas sabemos que eles não eram lá essas coisas.

— Evan era viciado em PlayStation — disse Alice, rindo.

— E nas minhas calcinhas — acrescentei, estremecendo. — E não no sentido sexy.

— Tem um sentido sexy? — perguntou Alice, me olhando com curiosidade.

— Sim, quando o cara rouba a calcinha e cheira. — Fiz uma careta. — Tudo bem, parece algo pervertido em voz alta, mas é meio sexy porque você sabe que deixa o cara com tesão. Quer dizer, se for para roubar minhas calcinhas, só se for para cheirá-las ou bater uma com elas. Não se for para usá-las.

— Queria ter visto a cara dele quando você o flagrou com sua tanguinha preta e de batom vermelho.

— Ele também estragou o batom. Era da Chanel. Aquele batom me custou 42 dólares, e ele nem me deu outro para compensar.

— Eu acrescentaria que ele ainda alargou a tanguinha — Alice riu.

— Pois é — confirmei, rindo também. — Dei para ele de despedida quando terminamos.

— Ah, sempre soube que Evan era um esquisitão — disse Alice. — Quer dizer, que tipo de cara leva o PlayStation toda vez que vai dormir na casa da namorada?

— Um zé-mané! — resmunguei. — Não que Justin fosse melhor.

— Verdade — concordou Alice. — O que era aquele cabelo?

— O cabelo dele era o menor dos problemas — comentei, rindo, ao me lembrar do meu outro ex. — Lembra quando o pegamos usando seu corretivo para disfarçar as espinhas?

— Pois é — resmungou ela. — Também o peguei usando minha escova de dente uma vez. Ele era tão nojento!

— Aff, parece que eu sempre escolho os piores caras.

— Não olhe agora, mas o pelotão está vindo — murmurou Alice.

— Ai, não quero nem ver a cara de Xander ou de Gabby. Por favor, diga que podemos sair hoje à noite.

— Tá bom — respondeu ela, dando uma risadinha. — Vamos ver em que enrascada nos metemos.

— Vamos brincar de palavras cruzadas — disse Scott, com a cabeça enfiada no meu quarto naquela tarde.

— Desculpe, nós vamos sair — respondi, dando-lhe um olhar superior e vaidoso.

— Para onde? — Ele franziu o cenho. — Não é justo.

— Alice e eu vamos atrás de uns caras, para não acabarmos ficando para titia.

— Meio tarde para isso — Ele riu, e eu o cutuquei na barriga. — Ai, doeu.

— Que bom — retruquei. — Agora vaze daqui. Alice e eu estamos experimentando umas sombras diferentes.

— Vocês estão parecendo duas palhaças — disse Scott, com a cara séria, olhando para mim e para Alice. — Palhaças que deveriam ficar em casa e jogar palavras cruzadas hoje à noite.

— Nã-ão — disparei, balançando a cabeça, e me levantei. — Sem chance.

— Galera, nós vamos jogar palavras cruzadas hoje.

Aiden entrou no quarto e eu resmunguei mais alto.

— Alice e eu vamos sair. Não vamos participar do torneio de palavras cruzadas da família.

— Como assim? Você e Alice vão sair? — perguntou Aiden, olhando para Alice de cara fechada. — Deveríamos passar o final de semana em família.

— Já convivi o suficiente com a família por um dia. — Fui até o guarda-roupa e abri a porta. — Esta noite preciso esquecer a família.

— Liv — disse ele, me encarando, e eu me virei com fogo nos olhos. Se ele ousasse me dizer para não ir, eu lhe daria um soco. — Tudo bem, divirta-se — acrescentou, apenas, e fiquei boquiaberta.

— Só isso?

— Você é adulta. Pode fazer o que quiser.

— Ah, meu Deus, o mundo vai acabar! — exclamei, olhando para Alice com um sorriso. — Aiden não está tentando me dizer o que posso ou não fazer.

— Acho que milagres acontecem mesmo — murmurou ela, e Aiden riu.

— Pois é. — Peguei um vestido preto colado que eu usava na faculdade e o mostrei a ela. — Será que vou com este vestido?

— Bem sexy — comentou Alice, assentindo. — Pode usar, definitivamente.

— Tá bom, essa é minha deixa para sair. — Scott foi embora do quarto, e Aiden, Alice e eu olhamos uns para os outros.

— Então, aonde vocês vão? — perguntou Aiden, e eu lhe dirigi um olhar de estranhamento.

Por que ele ainda estava no quarto? Por que se importava em saber aonde iríamos? Homens são tão difíceis de entender. Eu não fazia ideia do que se passava pela cabeça de Aiden, e ele é meu irmão.

— Ainda não tem nada certo. Liv é que decide.

— Ah, tá. E você confia nela? — zombou Aiden, e fiquei mais boquiaberta ainda. Meu irmão estava provocando Alice?

— Sim, confio nela — respondeu Alice com um sorriso e o rosto corado.

— Em que tipo de lugar vocês estão pensando? — indagou Aiden.

— Algum lugar em que tenha homens gostosos que vão nos devorar — respondi com uma risada.

— Hummm. — Aiden me olhou com um olhar de desaprovação. — Conheço um bar de vinhos bem legal, se vocês estiverem interessadas.

— Não, queremos dançar um batidão. Talvez bebamos vinho também, mas queremos música alta e homens rápidos. — Comecei a mexer o corpo para frente e para trás, dançando. — Quero um homem que saiba dançar um hip hop, baby.

— Tudo bem — disse Aiden, franzindo o cenho. — Parece divertido.

— Vai ser. — Dei-lhe um sorriso doce.

— Talvez eu vá também.

— O quê? — Meu sorriso desapareceu. — Não, você não pode ir.

— Ir aonde? — perguntou Xander, entrando no quarto.

— O que está acontecendo aqui? — retruquei, me virando de costas para ele. — Por que todo mundo acha que pode simplesmente ir entrando no meu quarto?

— Talvez porque você tem uma política de portas abertas? — respondeu Xander com um sorriso convencido, e eu revirei os olhos. O que foi que eu vi nesse homem insuportável?

— Não está aberta para você.

— O que você quer, Xander? — Alice o encarava, e uma onda de felicidade tomou conta de mim. Era por isso que Alice era minha melhor amiga. Era por isso que eu lhe confiava minha vida. Ela sempre me apoiava.

— Meninas — repreendeu-nos Aiden. — Por que estão sendo tão hostis com Xander?

— Não acho que estejamos sendo hostis — falei num tom doce, e me virei para Xander. — Você acha que estamos sendo hostis?

— Não — respondeu ele, me olhando nos olhos. — Não acho.

— Então em que podemos ajudá-lo, Xander? Você se perdeu? Precisa de ajuda para encontrar o quarto de Gabby? — Eu me virei para o guarda-roupa e peguei um vestido vermelho. — Ou este? — perguntei, mostrando-o a Alice, e ela assentiu com entusiasmo.

— Talvez você possa experimentar os dois para eu ver como ficam.

— Você vai usar um vestido para jogar palavras cruzadas? — perguntou Xander, confuso. — Um vestido vermelho e com uma longa fenda. Que tipo de palavras cruzadas serão essas? — Ele sorriu e olhou para Aiden.

— Elas vão sair para dançar — respondeu Aiden, balançando a cabeça, como se sugerisse que isso é algo típico de garotas.

— Dançar? — Xander me olhou. — Não sabia que íamos sair para dançar hoje à noite.

— *Nós* não vamos a lugar algum. Alice e eu é que vamos.

— Só você e Alice? — perguntou Xander, e olhou para Aiden. — É seguro?

— Como assim, é seguro? Somos mulheres, não garotinhas — rosnei para ele.

— Eu também queria ir, mas elas disseram que não — murmurou Aiden, e eu vi que ele olhava para Alice.

— Bem, acho que vocês podem ir — cedeu Alice, e eu a fuzilei com os olhos.

— Me desculpem, rapazes, mas vocês não vão. É a noite das meninas — falei, com as mãos nos quadris. — Alice e eu vamos conhecer uns gostosões.

— O quê? — resmungou Xander, me olhando com seus olhos verdes cheios de raiva. — Isso é uma boa ideia?

— Sim, por que não seria? — indaguei com uma insolência que eu nunca soube que tinha.

— É só que eu não acho que seja uma boa ideia — disse ele, apertando os lábios.

— E você pensou que eu era superprotetor — comentou Aiden, rindo. — Parece que você tem outro irmão que vai ficar mandando em você, Liv.

— Ah, que legal, outro irmão mais velho irritante — resmunguei, então fui até Xander e lhe dei um rápido abraço e um beijo na bochecha. — Bem-vindo à família, mano.

— Obrigado — disse Xander, me olhando com uma expressão estranha.

Percebi que o deixei um pouquinho sem fôlego. Eu não sabia o que ele estava pensando, mas sabia que ele não estava tão convencido e autoconfiante quanto antes.

— Agora vaze, quero provar meus vestidos.

— É, também quero experimentar meus vestidos — disse Alice, e olhou para Aiden. — Por favor, saiam do quarto.

— Já fomos — respondeu Aiden, sorrindo para ela, e tive vontade de vomitar.

Parecia que ia rolar mesmo. Alice acabaria namorando Aiden, eles iam se casar e eu teria que estar perto dele para sempre.

— Ou podemos ajudá-las a decidir — sugeriu Xander, sem se mexer.

— Ãhn? — Estreitei os olhos para ele, com o coração acelerado. — Como assim?

— Podemos dizer qual vestido fica melhor.

— Isso aqui não é *Uma linda mulher* — zombei. — Não precisamos da sua ajuda.

— Está bem — disse ele, dando de ombros. — Por mim tanto faz.

— Até mais, então.

— Vamos, Xander — chamou Aiden.

Os dois saíram do quarto.

— Ele é um cara difícil de entender, não é? — suspirou Alice.

— É, sim. Não consigo sacar qual é a dele.

— É muito deprê dizer que tudo o que eu penso é em como seria beijá-lo? — disse Alice, desejosa, e eu congelei.

— Você quer beijar Xander?

— O quê? Não. Eu estava falando de Aiden.

— Ah, desculpe. Eu estava falando de Xander.

— Aff, homens. — Ela balançou a cabeça e eu fiz uma careta.

— Vou ler no escritório um pouquinho — falei.

Eu precisava sair do quarto e clarear os pensamentos, porque meus sentimentos estavam confusos.

— Está bem. Parece ótimo. Vamos experimentar os vestidos mais tarde?

— Sim! Combinado.

— Está bem. Vou tirar um cochilo, então — disse ela, bocejando. — Ainda estou um pouco exausta.

Ciúmes é uma daquelas emoções que eu amo odiar. Odeio ter ciúmes porque faz com que me sinta inadequada, mas adoro quando um cara está com ciúmes de mim. O ciúme é uma coisa esquisita. Há uma linha tênue que separa a sanidade da loucura. Tenho que admitir que estava com ciúmes do relacionamento da minha irmã com Xander, embora eles nunca tivessem transado. *Supostamente.* Não conheço amigos platônicos que ficaram noivos. Isso me queima por dentro. Quer dizer, não que ele fosse meu namorado, mas meio que sinto uma coisa por ele. Queria tanto que ele quisesse que eu fosse sua noiva de mentirinha. Por que ele não me pediu em casamento? Se bem que isso complicaria ainda mais as coisas entre nós. Levando em conta que transamos e tudo, e que sinto coisas fortes por ele. Eu só não sabia por que eles iriam se casar; ainda mais que ela estava grávida de outro homem.

— O que está lendo?

A voz profunda de Xander interrompeu meus pensamentos quando ele entrou no escritório e sentou ao meu lado no sofá.

— Hemingway — falei o primeiro nome que veio à cabeça. — Ernest Hemingway. *Por quem os sinos dobram* — continuei, sem saber ao certo de onde vinham as mentiras, enquanto cobria a capa do meu exemplar de *Cinquenta tons de cinza.*

Não queria que ele pensasse que eu era ninfomaníaca. Não sabia que tipo de ideia ele teria se soubesse que eu estava lendo um livro sobre sadomasoquismo. Eu não precisava que ele me amarasse na escrivaninha do meu pai e me comesse por trás e me espancasse por ser uma garota safada. Eu não precisava que ele fizesse isso, mas tinha que admitir que pensar nisso era bem excitante. Talvez pudéssemos desempenhar papéis: ele poderia ser Christian Gray, e eu seria Ana. Só que eu não queria fazer nada pesado, como ser chicoteada. Não sei se curtiria. Se bem que eu não acharia ruim levar uns tapas daquelas mãos firmes e sexies dele.

— Ah, é? — Seus olhos pareciam impressionados, e eu me perguntei se ele olhava para minha irmã assim também.

— Ah, é, o quê? — falei, distraída pelo olhar dele.

— Ah, é, você está lendo Hemingway? — esclareceu ele, sorrindo. — Que livro é mesmo?

— *O Velho e o mar* — respondi depressa, depois praguejei em silêncio. — Quer dizer, *Por quem os sinos dobram.*

Enrubesci e olhei para baixo. Era por isso que eu não o deixaria me amarrar e transar comigo no escritório. Quando ele se aproximava, meu cérebro ia pro brejo. Quem saberia o que aconteceria se pegássemos realmente pesado?

— Ah, sobre o que é?

— Sobre o que é? — repeti, sem expressão, enquanto o imaginava batendo em mim de leve e depois mais forte. Imaginei o quanto ele curtiria bater. Se minha bunda ficaria ardendo ou só formigando.

— O livro. — Os olhos dele me provocavam ali no sofá.

— Ah, é sobre um homem que fica esperando numa igreja — murmurei. — Ele vai à igreja todo dia e fica esperando o sino tocar.

— Ele vai lá esperar o sino tocar? — perguntou Xander, torcendo os lábios.

— Aham — confirmei, assentindo. — O livro é sobre magia, e só magos são capazes de tocar o sino. É como Harry Potter, sabe?

— Hummm, entendi. — Ele sorriu e pegou o livro da minha mão. — *Cinquenta tons de cinza*? — disse quando viu a capa. — É o novo de Hemingway? Nunca tinha ouvido falar.

— Me devolva. — Tomei o livro de volta, e meu rosto enrubesceu até ficar vermelho-escuro profundo. — E o que você está fazendo aqui? Já não me encheu o saco o suficiente por um dia?

— Eu não sabia que você estaria aqui. Achei que estivesse fazendo seu desfile de moda com Alice.

— Ha, ha, que desfile de moda! Só estávamos experimentando roupas e decidindo qual ficaria melhor.

— Se é o que diz. — Ele abriu o livro. — Agora me conte de que se trata este livro.

— É só um romance — respondi, corando, e estendi a mão para pegar o livro. — Me devolva.

— Tenho uma pergunta — disse ele, me devolvendo o livro, com os olhos brilhando.

— O quê? — disparei, envergonhada por ele querer saber algo.

— O que é um picolé sabor Christian Grey? — perguntou ele com uma expressão leve.

— O quê? — censurei-o, e bati nele com o livro. — Você é um pervertido.

— Eu sou o pervertido? — replicou ele, sorrindo. — Não sou eu que está lendo pornografia no meio do dia.

— Não estou lendo pornografia — rosnei.

— Quer dizer, se estiver com tesão, posso ajudar.

— Me ajudar?

— Com minha língua milagrosa — complementou, sorrindo, e então chicoteou a língua para frente e para trás.

Tenho que admitir que a visão de sua língua rosada e longa se movendo sensualmente na boca me deixou mesmo excitada. E muito. Eu sentia o tesão na calcinha e no peso nos meus seios.

— Xander! — Balancei a cabeça. — Você não tem vergonha?

— Não — disse ele, se inclinando para frente, e eu senti sua língua na minha orelha. — Não tenho vergonha nenhuma — sussurrou, e sugou o lóbulo. — Me deixe fazê-la gozar, Liv. Me deixe tirar sua calcinha com os dentes e levá-la até o alto para depois descer do penhasco, só com minha língua. Ela quer penetrá-la tanto quanto você a quer dentro de você.

— Na verdade — comecei, saltando do sofá, e larguei o livro no colo dele. — Não me importo nem um pouco com sua língua. Não preciso da sua língua dentro de mim. E certamente não preciso subir e descer de um penhasco, muito obrigada.

— Tem certeza? — Os dedos dele acariciaram meus lábios trêmulos. — Subir penhascos é muito agradável.

— É, mas já fiz isso e não preciso de um repeteco.

Afastei as mãos dele e saí do escritório depressa, com o coração acelerado. Ah, por que Xander mexia tanto comigo? Ele era como uma droga que meu corpo desejava desesperadamente, uma droga que eu sabia que me faria muito mal. Aos poucos, mas de forma certeira, ele estava me deixando viciada, e eu sabia que era um vício que não me levaria a nenhum lugar bom. Sabia que tinha que abrir mão desse vício antes que fosse tarde demais. Eu não ia permitir que Xander e sua língua milagrosa me deixassem pior do que eu já estava.

8

— Fique parada, Liv.

Alice estava na minha frente, fazendo um penteado no meu cabelo com seu modelador de cachos.

— Se continuar se mexendo, vou acabar queimando você.

— Não ouse me queimar — avisei. — Que entediante.

— Estou quase terminando — suspirou ela. — Tenha paciência.

— Já estou sentada aqui há vinte minutos — reclamei. — Que tipo de penteado você está fazendo?

— Um penteado bem sedutor e sensual — respondeu ela, sorrindo. — Todos os homens da boate vão ficar aos seus pés.

— Todos menos um, né? — comentei, rindo. — Se eu ficar com todos eles, com quem você vai ficar?

— Vou encontrar alguém — disse ela, com uma risadinha, e esvoaçou os cabelos castanhos longos e com mechas loiras para trás.

— Minha nossa — falei, rindo. — Tem certeza de que a maquiagem não me deixou com cara de vagabunda demais?

— É possível ser vagabunda demais? — perguntou ela, me olhando.

— Sim — respondi. — Não quero que ninguém pense que pode me oferecer vinte dólares e me levar para trás da caçamba de lixo para um boquete, né?

— E cem dólares? — Ela balançou as sobrancelhas e nós duas rimos.

— Esta noite vai ser divertida.

— Nós merecemos um pouco de diversão. — Ela deu um passo atrás e me olhou por alguns segundos antes de sorrir. — Você está linda.

— Acha mesmo? — indaguei, me levantando num pulo, depois corri até o espelho e vi meu reflexo.

Os cabelos castanhos longos caíam em ondas soltas ao redor do rosto e desciam pelas costas. Os olhos castanhos brilhavam de animação, e o sombreado ao redor deles me davam a aparência de uma mulher sexy e fatal.

— Acha que esse batom é vermelho demais? — perguntei, fazendo beicinho para o espelho.

— De jeito nenhum. Vermelho é sexy.

— Acho que sim.

— E combina perfeitamente com seu vestido. Já pode até se vestir.

— Está bem.

Corri até a cama, peguei o vestido recém-passado e, num instante, tirei a roupa e coloquei-o. Tive que prender o fôlego para fazê-lo passar da cintura e dos quadris.

— Este vestido é bem mais curto do que eu lembrava. — Olhei para minha coxa nua e engoli em seco. — Não sei, não, Alice. Não sou magrela, sabe. Garotas cheias de curvas como eu não deveriam usar roupas coladas.

— Quem disse? — Ela balançou a cabeça. — Você está sexy, gostosa, linda, maravilhosa e perfeita — enumerou, apontando o dedo para mim. — Que se ferrem as magrelas. Todo homem quer uma mulher com curvas.

— Sei não, viu? — repliquei, rindo.

— Bem, se o cara quiser um palito, então ele não é para a gente — disse ela, sorrindo, e colocou o vestido preto e curto.

— Verdade.

— Qualquer cara que estiver procurando um palito vai se decepcionar comigo — declarei, sorrindo. — Eu nunca vou ser magrela, meus peitos são grandes demais.

— Os homens adoram peitão.

— Bem, os meus não têm me ajudado muito.

— Mas hoje vão. — Ela olhou para meus seios parcialmente expostos. — Uau!

— Valeu, Alice. — Balancei a cabeça.

— Acho que estou pronta — disse ela, calçando os saltos, e olhou para mim. — E você?

— É, acho que eu também. — Assenti, então peguei uma bolsa no guarda-roupa e calcei meu stiletto preto. — Tomara que eu não leve um tombo. Meus pés já estão me matando — resmunguei.

— Você vai ficar bem. É só não largar meu braço.

— Preciso beber — comentei, rindo, enquanto saíamos do quarto.

— Eu também — concordou ela. — Quero ficar bêbada esta noite.

— Quero dar PT.

— Como assim dar PT? — perguntou ela, confusa. Eu a olhei e ri.

— Não tenho ideia — respondi, dando de ombros. — Ouvi o termo um dia desses e gostei.

— Também gostei. Deve ser algo legal. Então vamos dar PT!

— Dar PT, bebê!

Nós entrelaçamos os braços e fomos até a porta da frente.

— Liv.

A voz de Aiden ecoou pela casa quando abri a porta.

— Sim.

Parei e revirei os olhos.

— Venha até a sala de estar, por favor.

— Por quê?

— Queremos ver você antes que você vá.

— Aff — resmunguei, olhando para Alice, e nós duas fizemos careta uma para a outra. — Ele é tão, mas tão irritante. Ele precisa se casar e ter filhos de uma vez. Ops.

— Tudo bem — disse ela com um sorriso torto. — Tenho certeza de que ele vai ser um bom pai.

— Vamos encarar o exército e depois saímos — falei com um suspiro exasperado, e fomos até a sala de estar. — Boa noite, pessoal — cumprimentei assim que entramos.

Todos os olhos se voltaram para mim e para Alice, e eu quase ri das diversas expressões no rosto de cada um. Aiden parecia atordoado; Henry, impressionado; Gabby, de saco cheio; Chett, entediado; Scott, animado; e Xander, bem, Xander parecia pensativo. Senti seus olhos inspecionando todo o meu corpo, e precisei dizer a mim mesma para resistir e não olhar para ele novamente.

— Então, para onde vocês vão? — perguntou Aiden, se levantando e vindo em nossa direção.

— Um bar.

— Que bar? — indagou, e dessa vez seus olhos pareciam um pouquinho zangados. Eu me perguntei se um dia ele superaria a necessidade de saber tudo.

— Acho que vamos para o Beach Lagoon — respondi, por fim.

— Certo. Aquele na Fifth Street? — perguntou novamente.

— Sim, senhor. — Assenti e prestei continência para ele.

— Engraçadinha.

— Se mamãe e papai não sentem necessidade de ficar acordados até tarde para me perguntar, por que você se importa?

Aiden me olhou por alguns segundos e depois se virou para Alice.

— Você está muito bonita esta noite.

— Obrigada — respondeu ela, corando.

— Não vai ficar com frio nesse vestido? — perguntou ele, analisando a longa extensão de pernas e ombros nus, e ela assentiu.

— Tenho certeza de que o álcool vai me manter aquecida.

— Quem é a motorista da vez? — Ele me olhou com o cenho franzido.

— Vamos pegar um Uber na ida e na volta — respondi, tentando não revirar os olhos. — Não somos irresponsáveis, sabia? Chegamos aos 22 anos com alguma inteligência.

— Eu só queria ter certeza de que vocês não precisavam de carona.

— Posso deixar vocês lá se quiserem — declarou Xander, se levantando.

— Ah, não precisa — retrucou Gabby, em tom desgostoso, enquanto me olhava.

Já era a encenação de pedido de desculpas dela. Sabia que ela não seria capaz de fingir ter uma personalidade dócil por muito tempo.

— Não quero que ninguém se aproveite de vocês, meninas — disse Xander, ao lado de Aiden, fitando meus olhos.

Dessa vez não consegui evitar e retribuí o olhar. Sua íris parecia furiosa. Eu não tinha certeza de qual era o problema dele, mas, mesmo contra a vontade, me arrepiei toda só de estar perto dele. Senti o fluxo de eletricidade entre nós e dei um passo atrás.

— Acho que vamos ficar bem — insisti, lambendo os lábios, nervosa.

— É, vamos ficar bem — repetiu Alice, e reparei que ela e Aiden se olhavam e desviavam o olhar repetidas vezes.

— Acredite, Xander, Alice e Liv não vão ter problemas. — Gabby levantou-se num pulo e veio até nós. — Elas são profissionais em se vestir como vagabundas e não serem incomodadas.

— Gabby — repreendeu-a Aiden.

— O quê? — retrucou ela, dando de ombros. — É verdade. — Olhou para Alice e para mim, e depois para Xander e Aiden. — Ah, qual é? Vocês não saem com esses saltos, esses vestidinhos curtos, sem esperar que algum esquisitão vá tentar passar a mão entre suas pernas e no decote.

— Gabby, cale a boca — gritou Scott. — Qual é seu problema?

— Talvez sejam os hormônios da gravidez? — sugeriu Henry, dando-me um pequeno sorriso.

— É, mas ela não passou a vida inteira grávida — repliquei. — Isso não justifica a babaquice dela ao longo da vida.

— Liv — censurou Aiden, com um olhar daqueles para mim.

— Pronta? — perguntei a Alice.

— Sim — Ela assentiu com animação. — Vamos nessa.

— Esperem um segundo — disse Aiden, pegando-a pelo punho. — Posso falar com você um instante, por favor?

— Hum, tá. — Ela me olhou, fez uma cara e o seguiu para um canto.

— Também preciso falar com Liv — disse Xander a Gabby, e me pegou com força pelo braço e me puxou para fora da sala com ele.

— O que você acha que está fazendo?

— Aonde você acha que vai com essa roupa?

— A uma boate.

— Não é apropriada — afirmou ele, balançando a cabeça.

— Apropriada para o quê?

— Essa roupa manda um sinal errado — disse, baixando os olhos para meus seios.

— De que sinal você está falando?

— O sinal de "Quero transar" — murmurou ele, se aproximando de mim e me imprensando na parede.

— Quem disse que eu não quero passar esse sinal? — ofeguei, e ele pegou minhas mãos e pressionou-as na parede, perto da minha cabeça.

— É isso que você quer? — Ele se inclinou e deu um beijo suave no meu pescoço.

— Xander — sussurrei, e engoli em seco quando ele desceu pelo pescoço e beijou as clavículas e o topo dos meus seios. — Pare, alguém pode entrar e nos ver.

— E você se importa?

— Xander, pare — resmunguei, gemendo, quando a mão dele deslizou pela lateral do meu corpo e parou nas coxas.

— Parar o quê? — replicou ele, pressionando a rigidez na minha barriga, movendo-se para frente e para trás. — De mostrar o que você faz comigo nessa roupa sexy e quase inexistente de tão curta?

— Você queria me falar mais alguma coisa? — Desviei a cabeça quando ele se inclinou para me beijar nos lábios.

— Por que você está tentando me enfeitiçar?

— Do que está falando?

— Nada — suspirou ele, e se afastou. — Por que você tinha que ser irmã de Gabby?

— Por que você tinha que ser o noivo dela?

— Você não entende — Ele fechou a cara. — Não é só por mim. É para proteger alguém que eu amo.

— Não entendo o que você está falando.

— Não importa — retrucou ele, dando de ombros. — As coisas são assim e pronto.

— Posso perguntar uma coisa?

— Claro. — Ele assentiu, e seus olhos desceram até meus seios.

— Você vai se casar com ela para receber sua herança? — perguntei em tom suave. — Tem alguma coisa a ver com isso?

— Por que você se importa? — indagou ele, zangado, e isso me deixou ainda mais irritada.

Eu não acreditava que ele teve a coragem de me perguntar por que eu me importava, sendo que ainda estava tentando me agarrar. Será que não percebia o quanto a situação era zoada? Que tipo de garota ele pensava que eu era para achar que estava de boa? Que parte da situação estava de boa em qualquer sentido?

— Não me importo, Xander — bufei. — Só me deixe em paz, tá bem? Você é que fica vindo atrás de mim. Não sou eu que estou atrás de você. Estou de saco cheio de você, tá bem? Não é legal você ficar tentando me agarrar e depois me questionar quando tento entender o que está acontecendo entre você e Gabby.

— Você não se importou com quem eu era ou o que eu estava fazendo final de semana passado.

— Isso foi no final de semana passado. — Cruzei os braços. — Agora é agora. E agora não estou interessada em você e no seu papo-furado.

— Eu e meu papo-furado? — repetiu ele, e contorceu os lábios como se quisesse rir, me enfurecendo ainda mais.

Como ousava achar graça da situação?! Como ousava parecer tão superior e convencido enquanto eu estava fumegando por dentro?! Meus dedos coçavam de vontade de esbofeteá-lo. Ele não ficaria tão pretensioso com a marca da palma da minha mão estampada no rosto.

— Me deixe em paz, Xander. Estou de saco cheio de você — falei, cutucando-o no peito. — Vou sair com meu vestido de vagabunda e vou fazer o que quiser. Talvez eu conheça um cara ainda melhor e eu possa ficar com ele e esquecer que conheci você um dia.

— Não é algo que eu recomendaria — disse ele, afinando os lábios, e agarrou meus pulsos. — Não é a resposta para nada disso.

— Bem, não é problema seu, não é? — Abri um sorriso largo. — Posso fazer o que eu quiser.

— Liv — disse ele devagar, me olhando intensamente.

— Sim, Xander? — perguntei em tom suave.

Não vou mentir. Eu estava me deliciando com a conversa. Estava me deliciando com o fato de que eu podia tirá-lo do sério ao falar de outros caras. Estava amando o fato de que ele estava com ciúmes. O único problema era que ele não ia me dar o que eu realmente queria. Não ia terminar com Gabby e me dizer que tinha ferrado tudo. Não ia me puxar para si e dizer que me desejava, e a mais ninguém. Não ia me dizer que Gabby e a fortuna da família não significavam nada para ele.

Tudo o que estava fazendo era me mostrar que sentia tesão por mim. E, bem, eu já sabia disso. Mas eu queria mais dele. Queria que ele olhasse para mim com mais do que luxúria. Queria olhar nos olhos dele e ver algo parecido com amor. Eu sabia que isso era uma expectativa irreal. Ele mal me conhecia, e eu mal o conhecia, mas era meu desejo. Era o que eu esperava ver. Queria ver uma emoção real. Uma emoção real, pura, de arrebatar o coração, uma emoção que não tinha nada a ver com luxúria.

— Tenha uma boa noite — disse ele, por fim, e eu me virei. — Não faça nada que eu não faria — acrescentou, e voltou para a sala de estar.

Fiquei ali me sentindo enojada e rejeitada. Ainda sentia os lábios de Xander no meu pescoço. Ainda sentia o corpo queimando nos lugares em que ele tinha tocado, e me odiava por isso.

— Pronta? — Alice saiu da sala com os olhos brilhando, e eu assenti.

— O que Aiden falou? — sussurrei para ela, enquanto entrava no aplicativo do Uber no celular.

— Nada bom — suspirou ela. — Só pediu para não deixar você se enfiar em nenhuma roubada.

— O quê? — repliquei com a voz mais alta. — Juro que ele é o mais irritante dos homens. Sei que você gosta dele, mas, aff, Aiden é tão irritante.

— Acho fofo ele ter esse jeito tão protetor — comentou Alice com ar sonhador.

— Acredite, Alice. Você não vai achar fofo se estiverem namorando — falei, balançando a cabeça. — Ele é muito irritante.

— Tim-tim! — saudou Alice, dando uma risadinha enquanto tomamos outro shot de tequila e erguemos os copos de vodca com refrigerante.

— Um brinde aos homens que amamos, aos homens que perdemos, aos homens com quem transamos e aos homens que rejeitamos, um brinde aos homens que chegarão e aos homens que nos farão chegar lá.

— Alice! — disse eu, gargalhando. — Você é péssima.

— Não terminei — Ela piscou para mim, e sua voz soou mais alta que a música. — Um brinde aos homens que chegarão e aos homens que nos farão chegar lá. Um brinde aos homens que duram a noite toda e aos homens que iluminam nossos dias, um brinde ao homem que vai nos dar uma aliança, mas que seu pau seja maior do que uma criança.

— Maior do que uma criança? — repeti, depois brindei meu drinque no dela. — Como pode um pau ser maior do que uma criança?

— Não sei, o que mais rima com "aliança"?

— Hum... deixe-me pensar. — Eu me calei e dancei ao som que tocava na boate. Minha mente girava conforme o álcool se assentava na corrente sanguínea. — E quanto a "esperança"?

— Esperança? — repetiu Alice, dando risadinhas. — Como o pau de um homem pode ser maior do que a esperança?

— Você sabe o que eu quero dizer, que o pau dele seja maior do que a esperança dos que creem — expliquei, gargalhando com vontade.

Senti que alguém começou a dançar bem perto atrás de mim e virei a cabeça para ver se ele era gatinho. Era um homem mais velho, de cabelo raspado e com cicatrizes horríveis de espinha, e eu estava prestes a afastá-lo quando decidi permitir que dançasse comigo. Não havia mal nenhum nisso.

— Maior do que a esperança, haha — repetiu Alice, morrendo de rir. — Que engraçado!

— Do que sua amiga está rindo? — sussurrou no meu ouvido o homem atrás de mim, e senti sua mão na minha cintura.

— De você. — Dei-lhe uma cotovelada e me afastei. — Vamos para a pista de dança — chamei Alice, pegando-a pela mão.

— Quero mais um drinque — disse ela, soluçando, e eu balancei a cabeça.

— Ainda não. Não queremos ficar de ressaca amanhã. Vamos dançar e depois bebemos mais.

— Está bem. — Ela assentiu e fomos para a pista.

Olhei para trás, na direção do bar, e vi o homem mais velho de cabeça raspada indo para os fundos do bar com alguém, e ele não parecia feliz. Meu coração bateu com força enquanto eu pensava na situação, mas tentei deixar para lá quando começou a tocar uma das minhas músicas prediletas do Jay-Z.

— Acho que Jay-Z e Justin Timberlake podiam fazer uma parceria em todas as músicas — gritou Alice enquanto mexíamos os quadris no ritmo do som. Ou no ritmo que conseguíamos.

— Achei que você quisesse que Jay-Z e Taylor Swift fizessem uma parceria.

— Eles poderiam todos fazer uma música juntos! Seria irado.

— É, seria mesmo — concordei, assentindo, então fechei os olhos e dancei junto com a música.

Eu adorava boates, sempre me sentia viva nesses lugares. Estar numa pista lotada, dançando diferentes músicas com a multidão, era uma onda coletiva. Levantei as mãos e cantei enquanto dançava. Alice pegou minhas mãos e começamos a pular, cantando bem alto.

— Ai, meu Deus, adoro essa música — berrou Alice quando uma canção antiga do Backstreet Boys começou a tocar.

— Eu também — gritei de volta, e rimos, ambas bêbadas o suficiente para estarmos nos divertindo pra valer.

Comecei a girar os quadris e ir até o chão. Senti que alguns caras me observavam. Isso me encorajou a mexer o corpo ainda mais, copiando movimentos que lembrava os clipes da Britney Spears. Eu estava até quase esquecendo Xander e sua arrogância. Sorri quando um loiro bem gato veio até mim.

— E aí? — disse ele, começando a dançar perto de mim.

— E aí? — respondi.

— O quê? — gritou ele, chegando mais perto.

— Eu falei: e aí? — repeti, encarando os olhos azuis e profundos dele.

— Ah. — Ele riu. — Quer dançar?

— Claro. — Assenti, então ele sorriu e começou a dançar atrás de mim.

Alice me deu um sorriso, e eu pisquei para ela enquanto sentia as mãos dele na minha cintura. Continuei dançando e vi quando um cara deslumbrante, com o corpo de fisiculturista, agarrou Alice e a puxou para si. Dei uma risadinha quando ela começou a dançar com ele e fechei os olhos novamente, me entregando à música. No entanto, não levou mais do que uns poucos minutos para eu começar a me sentir desconfortável. Abri os olhos e escrutinei a boate lotada. Os cabelos da parte de trás da minha cabeça ficaram arrepiados, e senti como se alguém estivesse me observando. Ignorei a sensação e continuei a dançar, mas não com tanta animação quanto antes.

— Quer dar o fora daqui? — gritou na minha orelha o homem atrás de mim, e senti suas mãos subindo pela minha barriga em direção aos seios. Peguei suas mãos assim que chegaram às costelas e balancei a cabeça. — Não me provoque — berrou, e eu o senti girando atrás de mim.

— Não estou — gritei de volta, irritada.

— Vamos sair daqui.

Sua mão esquerda pousou no meu quadril, e eu estava prestes a tirá-la dali quando de repente senti que ele se afastou.

— O quê? — perguntei, me virando, e vi Xander segurando firme o cara. — Xander! O que está fazendo aqui? — murmurei, zangada e excitada ao mesmo tempo.

— Esse cara está te incomodando? — Ele torceu o braço do homem, e eu balancei a cabeça depressa. — Saia daqui. — Ele empurrou o cara para longe. — E não volte a incomodar essa garota, tá entendendo?

— Eu não estava incomodando — disse o cara, irritado. — Ela estava gostando.

— Vaza daqui — repetiu Xander, empurrando-o mais uma vez, e tive receio de que fossem começar a brigar.

— O que você está fazendo aqui? — perguntei aos berros.

— O quê? — Xander se aproximou. — Não estou ouvindo.

— O que você está fazendo aqui? — repeti, dessa vez junto à sua orelha.

— Aiden e eu queríamos ter certeza de que você e Alice estavam bem.

— O quê? — Fechei a cara, ainda mais irritada. — Não somos crianças.

— Bem, vocês duas se comportam como crianças — disse ele, o corpo tocando o meu, e estremeci. — Nós queríamos ter certeza de que vocês não iam cair numa enrascada por causa desses vestidos, e parece que chegamos bem a tempo.

— Que seja — falei, e olhei em volta. — Cadê Aiden?

— Foi ver se Alice está bem com o primo de Hulk Hogan — disse ele, piscando para mim, e comecei a rir, mesmo contra a vontade.

— Você é um idiota.

— Isso é jeito de agradecer ao seu salvador?

— Meu o quê? — zombei, lambendo os lábios, que de repente tinham ficado secos.

— Seu salvador — repetiu ele, sorrindo, e se aproximou até os lábios repousarem delicadamente nos meus. — Será que eu vou ganhar um beijo em agradecimento?

— Não vai, não — respondi, engolindo em seco, mas não me mexi. Senti a ponta da língua dele lambendo meu lábio, e meu corpo inteiro tremeu.

— Por favor — pediu, e seus olhos desafiavam os meus a retribuir o beijo conforme a ponta de sua língua penetrasse minha boca ligeiramente aberta.

— Não — falei, balançando a cabeça, então fechei os lábios sobre a língua dele por alguns segundos e suguei.

— Aí estão vocês — disse Aiden enquanto se aproximava com Alice, e eu saltei para trás, me afastando depressa de Xander. — É hora de irmos.

— O quê? — Tanto Alice quanto eu o olhamos em choque.

— É hora de irmos — repetiu Aiden, parecendo enfurecido, de um jeito que eu nunca tinha visto.

Olhei para o rosto de Alice, e ela parecia irritada. Observei os dois por um segundo e me perguntei se o relacionamento deles tinha terminado antes mesmo de começar. Seria bem-feito para Aiden. Ele estava agindo como um imbecil de marca maior. Eu estava acostumada com o jeito imperialista dele, mas sabia que Alice estava tendo o primeiro lampejo real dessa característica e não estava gostando muito.

— Aiden, não vamos embora agora — gritei para ele, deixando bem clara minha raiva. — Vocês dois não deviam ter vindo.

— Queríamos ter certeza de que estavam bem — disse ele, olhando para Alice, e fechou a cara quando ela sorriu para um cara que dançava por perto. — Hoje em dia duas meninas solteiras têm que ter muito cuidado.

— Nós sabemos nos cuidar — suspirei, e olhei para Xander. — Cadê Gabby?

— Com Henry — respondeu com os olhos penetrando os meus. — Você queria que ela estivesse aqui no meu lugar?

— Não, e você?

— Não — respondeu, apenas, e meu coração trovejava perigosamente enquanto eu fitava seus olhos.

O que esse homem tinha para perfurar meu coração e minha alma com um olhar e me deixar sofrendo de desejo e necessidade por um único toque?

— Por favor, vá embora — falei em tom suave. — Esta noite é minha e de Alice. Não quero ficar com dor de cabeça, Xander. — Esfreguei a testa, sentindo que uma dor de cabeça estava prestes a se instalar. — Você não pode aparecer assim. Não é justo comigo.

— Só uma dança — disse ele, sem tirar os olhos dos meus.

— O quê?

— Uma dança, e vou embora levando Aiden comigo.

— Por que você quer dançar?

— Quem não ia querer dançar com uma mulher fatal e sexy como você? — replicou, piscando para mim.

— Não sou fatal. — Balancei a cabeça com o rosto corado.

— Quando você dança, não consigo parar de olhar. Isso faz de você uma mulher fatal — disse, e me puxou. — Dance comigo, Liv.

— Mas e Aiden e Alice? — perguntei, apontando com a cabeça para eles, e Xander deu de ombros.

— O que que tem?

— Tá bom, só uma música — suspirei. — E não tente nenhuma gracinha.

— Não posso prometer nada.

Os braços dele envolveram minha cintura, e começamos a dançar juntos. Foi legal e aconchegante e, ah, tão perigoso quando as mãos dele deslizaram para cima e para baixo pelas minhas costas e bunda, até se acomodarem na região inferior das costas. Dançamos em silêncio, os corpos se mexendo juntos, em harmonia, como se já tivéssemos dançado um milhão de vezes um milhão de músicas diferentes. O corpo dele junto ao meu me pareceu tão familiar e confortável, e repousei a cabeça no ombro dele. Nós dançávamos devagar, como se estivéssemos num baile; nossa dança destoava na boate lotada, mas nenhum de nós se importava. Estávamos cercados de pessoas, mas naquele momento só havia nós dois. Eu estava surpresa por ele ainda não ter tentado nenhum movimento sexual. Suas mãos permaneceram no mesmo lugar e os lábios não se aventuraram em direção aos meus. Senti seu coração batendo no peito, ritmado e sólido, lembrando-me de que ele era só um ser humano, como eu. Eu me afastei um pouco e o olhei no rosto para ver se poderia desvendar seus pensamentos. Ele retribuiu o olhar com olhos intensos, sem sorrir. Nós apenas estudamos um ao outro enquanto dançávamos, como se estivéssemos tentando memorizar cada detalhe do rosto do outro.

Senti como se ele fosse meu marido e estivesse indo para guerra, e aquela era nossa última dança antes que ele fosse embora. Era a primeira vez que estávamos na presença um do outro sem transar ou brigar. Aquele momento era para nós. Para as pessoas que poderíamos ter sido em circunstâncias diferentes. Em outras circunstâncias, aquele momento teria sido mágico, mas foi sombrio. Pelo fato de que não éramos dois estranhos se conhecendo. Estávamos ligados um ao outro de formas que nunca seríamos capazes de apagar ou esquecer. Éramos o segredinho obsceno um do outro. Encarando-o, senti uma onda de vergonha percorrer todo o meu corpo. O que eu estava fazendo ao dançar com aquele homem que nunca seria meu? Quantas vezes eu iria me colocar nessa situação?

— Acabou a dança — falei, dando um passo atrás, e abri um pequeno sorriso. — Você devia ir embora agora.

— E se eu não quiser que acabe? — perguntou ele, me dando o sorriso mais deslumbrante que eu já tinha visto em seu rosto.

— Então eu diria "sinto muito" — respondi, dando de ombros, e corri para Alice antes que ele me impedisse.

Desbravei a multidão e peguei-a pelo braço.

— Vamos pegar uma bebida.

— Eu estava me perguntando onde você tinha se enfiado — suspirou ela.

Eu vi que Aiden estava parado lá com uma expressão de desaprovação e percebi que a conversa entre eles não tinha terminado bem.

— O que houve com Aiden? — perguntei enquanto íamos até o bar, onde estava mais tranquilo.

— Ele me disse que estava desapontado. E que eu não demonstrei sensatez ao dançar com um homem que parecia poder levantar 140 quilos.

— O quê?

— Ele disse que eu não tinha a menor possibilidade de partir para a briga se o cara tentasse fazer alguma coisa comigo e eu dissesse não.

— Está brincando? — resmunguei, revirando os olhos. — Estou dizendo para você que Aiden é um idiota.

— Não sei por que ele tem que ser tão grosseiro comigo — reclamou Alice, com uma careta. — É como se ele achasse que tenho dez anos de idade.

— Não é só com você, Alice. Acredite. — Balancei a cabeça. — O que você quer beber? Por minha conta.

— Vamos pedir mais uma rodada de vodca com coca-cola e você escolhe os shots.

— Vamos tomar uns sex on the beach — sugeri, rindo, e fiz sinal para o bartender. — Eu e minha amiga queremos duas vodcas com coca-cola e dois sex on the beach, por favor.

— É pra já — respondeu ele, sorrindo. — Eu também toparia um sex on the beach.

— Não tenho dúvida — repliquei, flertando com ele.

Ele parou e se inclinou.

— Posso dar os drinks de graça, que tal?

— Acho ótimo — comentei, sorrindo, e lambi os lábios.

— Tudo o que você tem que fazer é subir no balcão e dançar um pouquinho enquanto bebem.

— Acho que posso fazer isso — concordei. — E minha amiga também.

— Está bem, ótimo. — Ele riu. — Venha para este lado do bar que eu ajudo vocês a subir.

— Tudo bem — falei. — Vamos lá, Alice, podemos ganhar uns drinques se dançarmos no balcão.

— Tem certeza? — perguntou ela, sem acreditar, e assenti.

— Tenho. — Peguei-a pela mão. — Vamos mostrar para Xander e Aiden o que eles estão perdendo.

Demos a volta pelo balcão rapidamente e o bartender gatinho nos ajudou a subir. Olhei a multidão e por um segundo pensei em descer. Eu não estava tão certa de que era uma boa ideia, mas então Alice me pegou pela mão e começou a dançar, por isso me juntei a ela.

— Aqui estão os shots, meninas — disse ele, nos entregando os copos. — Agora quero ver vocês bebendo como se estivessem fazendo um boquete.

— Tá bem, então.

Nós duas rimos e pegamos os copos. Fechei os olhos e suguei o copo, tomei a bebida depressa e depois comecei a balançá-lo para frente e para trás. Ouvi alguns caras assobiando e gritando para nós, e mexi os quadris de uma forma mais pronunciada para dar a eles um espetáculo. Antes que eu entendesse o que estava acontecendo, senti braços fortes em volta de mim, me tirando de cima do bar. Abri os olhos e vi o rosto fumegante de Xander na minha frente.

— Você está determinada a me fazer estragar a noite, não está? — rosnou ele ao me colocar no chão.

— Não pedi que fizesse isso.

— Parecia que você estava prestes a cair, Liv. No que estava pensando?

— Do que está falando? Nós só ganhamos dois shots de graça depois de...

— Dançar em cima do balcão como uma prostituta — interrompeu-me ele, balançando a cabeça.

Olhei atrás dele e notei que Aiden tinha tirado Alice do balcão e parecia dar nela um sermão semelhante.

— Não sou uma prostituta.

— Venha comigo — disse ele, então me levantou e me carregou pela multidão até sairmos do bar. — O que você está fazendo, Liv?

— Como assim o que estou fazendo?

— Por que está me provocando?

Ele me pôs no chão, se inclinou e me beijou com violência, com os lábios se esfregando no meu enquanto seus dedos passeavam por meus cachos e aproximava minha cabeça dele.

— Não estou — murmurei ao mesmo tempo que o beijava.

O cheiro e o gosto dele eram de sexo preguiçoso numa tarde de domingo. Passei as mãos por seus cabelos e me agarrei com todas as forças enquanto ele sugava todo o ar dos meus pulmões.

— Eu desejo tanto você — gemeu ele, descendo as mãos até minha bunda e agarrando os dois lados. — Quero comer você bem aqui, agora, na frente de todo mundo — murmurou enquanto sugava meu lábio inferior. — Quero que todo mundo saiba que você é minha e que só minhas mãos e meu pau vão entrar debaixo desse vestidinho hoje à noite.

— Xander — falei com um gemido de tesão, em resposta ao tom gutural e sexy dele.

Minhas mãos foram para a parte da frente da calça dele e apertaram seu pau já duro. Eu estava prestes a abrir o zíper quando algo dentro de mim estalou, então dei um passo atrás e o empurrei.

— Não, pare — pedi, ofegando, limpando os lábios apressadamente. — Não podemos fazer isso.

— O quê? — resmungou ele com os olhos sombrios de desejo.

— Você não pode brincar de quente e frio comigo, e eu não posso permitir que continue. Não sei o que está acontecendo, mas a questão é que não sou seu brinquedinho. Não vou transar com você sempre que me desejar. Nós ficamos semana passada e você se arrependeu tanto que pediu minha irmã em casamento. Então, quer saber, Xander? Pode ir lá transar com ela. Já deu para mim. Não quero mais. Me deixe em paz, está bem?

Ele parecia chocado com minha explosão. Como se enfim tivesse entendido que eu não estava aceitando toda essa bagunça sórdida. Como se seu pau tivesse entendido que não ia mais brincar dentro de mim sempre que quisesse. Eu não seria essa garota. Com ele, não. Xander estava prestes a dizer algo quando Aiden e Alice saíram do bar.

— Aí estão vocês — disse Alice, correndo até mim com um olhar furioso.

— Tudo bem? — perguntei a ela em voz baixa.

— Seu irmão é um imbecil. Ponto final — murmurou ela, e desviou o olhar.

— Vocês deviam ir embora agora — declarei em tom mais alto, olhando para os dois. — E, quando digo agora, quero dizer que, se vocês não estiverem longe desta rua em até trinta segundos, vou gritar tão alto que a polícia vai vir correndo e prender vocês dois.

— Liv — começou Aiden, mas então hesitou. — Sinto muito — suspirou, e eu só balancei a cabeça.

— É um pouquinho tarde demais para dizer isso. — Respirei fundo antes de me virar para Xander. — Você não pode mais me tratar assim. Não vou aceitar. Vá para casa e nos deixe sozinhas.

Eu me voltei para o outro lado, peguei Alice pelo braço, e voltamos para a boate. Ambas sabíamos que a noite das garotas já tinha sido arruinada, mas nenhuma de nós queria admitir e voltar para casa.

9

— Bem-vindas!

Scott abriu a porta quando voltamos para casa, algumas horas depois.

— É, valeu — murmurei, passando por ele, sem clima para jogar conversa fora.

— Vou tomar uma ducha, está bem, Liv? — perguntou Alice em tom suave, e assenti.

— Beleza, vou tomar água e ficar na cadeira de balanço lá no quintal. Subo daqui a pouco.

— Tudo bem — disse ela, e observei Scott escoltá-la pelo corredor.

Depois de suspirar, fui até a cozinha procurar algo para comer na geladeira. Peguei uma garrafa d'água e um pedaço de queijo trançado e fui para o quintal me balançar até me livrar do mau humor. O céu estava lindo, quase majestoso em sua escuridão profunda de veludo. Observei as estrelas brilhantes e me recostei na cadeira, desfrutando a brisa que acariciava meu rosto.

— Então você voltou para casa em segurança.

A voz profunda de Xander interrompeu meus pensamentos.

— Você, de novo — resmunguei, então me virei para olhá-lo e quase gemi. Ele estava com o peitoral nu, só de cueca boxer. — O que você quer?

— Eu queria me desculpar — disse ele ao meu lado. — Sinto muito por esta noite.

— Tudo bem. — Dei de ombros e desviei o olhar.

— Podemos nos sentar na grama? — perguntou ele em tom suave. — É estranho ficar de pé enquanto você está sentada.

— Não quero me sentar na grama — retruquei, petulante.

— Gostaria de conversar com você, Liv, e eu preferiria se ambos estivéssemos em uma posição confortável.

— Está bem — consenti, me levantando num pulo. — Então tenho que entrar para pegar um cobertor. Não vou me sentar na grama com este vestido.

— Trouxe um comigo — disse ele, mostrando o cobertor nos braços. — Para o caso de você estar aqui fora.

— Você estava me esperando acordado?

— Sim — confirmou. — Senti que precisávamos conversar.

— Tudo bem, então.

— Primeiro, queria me desculpar de novo por ter aparecido com Aiden na boate. Sei que foi uma coisa um pouco louca.

— É, um pouquinho — comentei, sarcástica, e observei-o estender o cobertor na grama. Em seguida, nos sentamos confortavelmente.

— Foi um choque para mim, sabe, ver você aqui — disse ele, mudando de assunto de repente, e eu olhei para minhas pernas. Ele achou que ficou em choque? E eu?

— É, sabe como é, também fiquei muito surpresa em saber das novidades.

— É culpa sua estarmos nessa situação. — Ele pegou minhas mãos. — Olhe para mim, Liv.

— Culpa minha? — perguntei em um tom mais alto. — Isso é uma piada?

— Você me deixou e, quando acordei e você tinha ido embora, eu me senti vazio, solitário e triste — suspirou ele, enquanto seus dedos brincavam com os meus. — Nunca havia me sentido assim antes.

— Como assim eu deixei você? Eu nunca abandonei você.

— No final de semana passado — disse ele. — Nós fizemos amor a noite toda no hotel e quando acordei você tinha ido embora. Não deixou um recado, um número de telefone. Eu nem sabia seu nome. E eu fiquei chateado. Queria ter passado o dia com você. Queria ter conhecido você melhor.

— Então você pediu minha irmã em casamento porque ficou chateado porque comi e vazei?

Mordi o lábio inferior para me impedir de rir. Não sei por que eu disse "comi e vazei", mas me deu vontade de rir.

— Você acabou de dizer "comi e vazei"? — perguntou Xander, os olhos rindo de mim.

— Pois é. — Assenti e sorri. — Não sei por que falei isso.

— Talvez porque seja verdade. — Ele sorriu também. — Foi o que você fez. Bem, tecnicamente eu comi, mas foi você que vazou.

— Xander. — Levantei uma das sobrancelhas e me sentei direito. — Pode continuar o que estava dizendo.

— Me desculpe, me distraí — disse ele, e lambeu os lábios. — Eu estava lembrando que comi você tão forte e profundamente. Eu atingi todos os pontos certos, não foi?

— Xander — falei, corando, sem querer contar que ele havia atingido pontos que eu nem sabia que existiam.

— Me desculpe. — Ele abafou um riso. — É difícil esquecer o melhor sexo da sua vida.

— O melhor sexo da sua vida foi comigo?

— Sim. — Ele tinha um olhar malicioso no rosto enquanto seu polegar percorria meu punho e a palma da minha mão. — E acho que por isso foi tão duro não ter você lá aquela manhã, sem querer fazer um trocadilho. Eu... — Ele hesitou e me olhou nos olhos. — Eu estava com raiva, Liv. Estava com raiva porque era a primeira vez que eu sentia alguma coisa na manhã seguinte a uma noite de paixão e era a primeira vez que uma mulher me magoava. Eu me precipitei. É difícil perceber que noites casuais nem sempre significam nada.

— O que você quer dizer?

— Quero dizer que com você foi diferente. O que fizemos... Aquela faísca na igreja e depois no hotel... Foi especial. Eu me senti diferente, estranho, e não sei nem como explicar. Não gostei dessa sensação. Ainda não gosto. Não gosto de ficar aqui com você e sentir que estou voando. Não gosto de tocar você e sentir que estamos conectados. Não gosto de olhar para você e ter vontade de sorrir. Não sou esse tipo de cara. Não quero ter esses sentimentos. Tratei você mal e, pela primeira vez na vida, estou envergonhado dos meus atos. Estou envergonhado por ter feito você se sentir um pedaço de carne. Porque, pela primeira vez na vida, percebo que sexo e mulheres não estão à disposição do meu prazer. Você me fez sentir essas coisas, e eu não sei lidar com isso.

— O que está dizendo, Xander? — perguntei, expirando, com o coração acelerado.

Vou ser sincera e admitir que pensei que ele ia dizer que me amava. Eu sei, sou louca, ele mal me conhecia e, no entanto, eu queria que ele dissesse que me amava. E, para ser ainda mais sincera, queria que ele me pedisse em casamento. Queria que ele dissesse que precisava tanto de mim que queria passar o resto da vida comigo. Até quase pensei que ele diria isso.

— Conheci Gabby algumas semanas antes do casamento por meio de Luke. Um dia depois que ele me ligou, eu me encontrei com ela, Luke e Henry.

— O Luke que acabou de se casar? — Franzi o cenho. — Luke do casamento?

— Sim — disse ele, torcendo os lábios.

— Ele não foi para a lua de mel com Joanna?

— Adiaram.

— Eu não sabia que Gabby e Luke se conheciam — comentei, refletindo. — Quer dizer, ela deve tê-lo conhecido através de Alice, mas já faz tempo.

— Não é essa a questão, Liv — suspirou ele. — Quando conheci Gabby, ela estava chateada porque tinha acabado de descobrir que estava grávida e o pai não queria se casar, por isso ela tinha receio de que a família ficaria decepcionada, então comentou que queria muito ter um noivo para apresentar aos pais. E Henry me lembrou que nosso avô estava controlando os negócios da família até nos casarmos e, bem, foi assim que tive a ideia — terminou ele, dando de ombros.

— Você está noivo de Gabby porque se sentiu mal por ela e porque queria controlar a empresa da família?

— Basicamente — confirmou.

— E você não vai romper o noivado?

— Seria péssimo da minha parte deixar que uma noite com você me influenciasse a mudar os planos, Liv. Não estou tentando ser cruel, mas Gabby e eu temos uma parceria de negócios — contou. — Uma parceria que vai beneficiar a ambos.

— E eu? — perguntei em tom suave.

— Não sei o que dizer, Liv — suspirou. — Sei que tenho sido um canalha e não posso mudar isso. Só posso pedir desculpas, mas não sei mais o que dizer.

— Acho que não há mais nada a dizer.

Inspirei fundo para impedir que lágrimas de desapontamento caíssem. Qual era o sentido de expressar minhas emoções e me magoar? Ele pensaria apenas que eu era uma louca. A única que entenderia meus sentimentos era Alice.

— Eu queria explicar para você por que Gabby e eu estamos noivos. Não queria que você pensasse que eu era algum tipo de imbecil por ficar perseguindo você e sua irmã. Não sinto nada por sua irmã a não ser amizade. Não tenho esse tipo de química com ela.

— Você me disse que queria fazer sexo com ela. — Mordi o lábio inferior, com o ciúme lutando para sair.

— Não sei se eu disse isso, mas talvez eu tenha insinuado algo sobre consumar o casamento. Eu só disse isso para irritar você.

— Mas que legal.

— Eu me comporto como um idiota quando estou perto de você. Não sou eu mesmo.

— Quem é você, então? Um ET?

— É bem possível.

— Foi o que pensei. — Assenti de um jeito pensativo. — Você é um alienígena do espaço sideral.

— E você é do espaço terreno.

— Tipo isso — confirmei com um sorriso, e ele começou a me fazer cócegas. Tombei para trás, rindo, e tentei afastá-lo, mas ele continuava fazendo cócegas debaixo dos meus braços, na minha barriga e nos meus joelhos. — Xander, pare — pedi, ofegando, enquanto nos virávamos no cobertor.

— Não sabia que você era tão boa de fazer cócegas.

Ele sorriu para mim com um olhar leve.

— Bem, agora você sabe.

— É, sei, sim. — Ele se inclinou, me deu um rápido beijo na testa e depois se deitou no cobertor ao meu lado, de modo que nossos ombros se tocavam. — Não é só por dinheiro, sabe?

— O quê? — indaguei em tom suave, observando as estrelas no céu.

— Não quero ficar com a empresa para ganhar mais dinheiro. Já tenho muito dinheiro.

— Sei — falei, na expectativa de que ele diria por que queria ficar com a empresa.

— Tenho uma entidade sem fins lucrativos na África. Nós ajudamos a purificar a água com máquinas de cloro e cavamos poços artesianos — contou com a voz leve. — Hoje, eu só consigo doar um milhão de dólares por ano através da fundação da empresa, mas se eu assumisse a empresa poderia mudar as regras.

— Você não tem acionistas?

— Somos uma empresa de capital fechado. Temos um conselho, mas não é grande e eu posso controlar os membros — contou com a voz apaixonada. — Quero poder fazer isso. Minha família tem muito dinheiro. Quero ser capaz de fazer algo bom com ele. É muito importante para mim.

— Entendo.

E eu entendia mesmo. Era uma causa importante. Muito importante. Uma causa que me surpreendeu, para ser sincera. E me senti culpada. Percebi que eu queria que aquele homem lindo e sexy me desejasse, dissesse que me amava, mas eu não sabia nada sobre ele. Tudo o que eu sabia era que ele era bom com a língua. Tive vergonha de mim mesma.

— E há quanto tempo você tem essa entidade? — perguntei com a voz suave, enquanto permanecíamos deitados olhando o céu noturno.

— Desde meus dezessete anos — respondeu, e senti que ele olhava a lateral do meu rosto. — Comecei no último ano do ensino médio com algum dinheiro que meu pai me deu. Ele disse que eu poderia comprar um carro ou usar o dinheiro para alguma coisa boa.

— E você rejeitou o carro?

— Sim — disse em voz baixa. — Eu tinha acabado de fazer um trabalho de ciências sobre cólera e doenças transmitidas pela água, e em diversos países da África tinha um monte de gente morrendo por ingerir água contaminada — suspirou ele. — Não achava isso certo.

— Então você quis ajudar? — perguntei.

— Sim, eu sabia que precisava ajudar — respondeu apaixonadamente. — Era algo que eu poderia ajudar a consertar. Mortes por doenças transmitidas pela água podem ser prevenidas. Não é como as disputas no Oriente Médio e as guerras. É algo tangível. Algo que pode ser consertado. E sabemos como fazê-lo. Eles sabem como fazê-lo.

Ele revirou os olhos e olhou para mim. Seu olhar estava em chamas.

— Quando entrei nos negócios da família, me assegurei de que meu pai investisse em alguns sistemas de purificação de água. Nós iríamos usá-los em... — A voz desvaneceu. — Me desculpe, estou te entediando.

— De jeito nenhum. — Balancei a cabeça e toquei sua bochecha. — O que aconteceu?

— Meus pais morreram num acidente de carro e meu avô não tinha interesse em ajudar; pelo menos não sem uma lista de condições.

— Como você ter que se casar?

— Sim — suspirou ele. — Resisti o quanto pude e tentei usar meu próprio dinheiro, mas meu fundo fiduciário está tão enrolado e há um monte de restrições sobre como posso usar o dinheiro. Só vou ter acesso total quando fizer 35 anos.

— Nossa!

— Até que eu finalmente disse, que se foda. Se eu precisar me casar para fazer o que preciso, então vou me casar. E sua irmã precisava de um marido. Por isso chegamos a um acordo. Parecia sensato. Prático. E era seguro. Não havia sentimentos para complicar tudo.

— Que bom. — Olhei para baixo, sem querer demonstrar o quanto estava magoada e confusa.

— Eu gosto muito de você, Liv. — Seus dedos pegaram meu queixo e ele me fez olhá-lo. — Mas eu nem te conheço, sabe? Não entendo por que ou como eu me sinto tão próximo de você. Ou por que senti saudades de você naquela manhã, depois que você foi embora. Sou um cara pragmático. Um cara habilidoso. Mas não sei lidar com relacionamentos ou emoções. Ou sentimentos. Não se pode confiar neles.

— Entendo.

— Entende mesmo? — perguntou, com os olhos procurando os meus.

— Sim. — Eu me inclinei e lhe dei um beijo leve. — Eu entendo, Xander.

— Não posso deixar que essa loucura entre nós mude tudo. Não posso deixar minhas emoções influenciarem essa decisão — disse ele, como se tentasse convencer a nós dois.

— Você precisa fazer o que precisa fazer — falei, me afastando um pouco, e pisquei rapidamente. Eu não me permitiria chorar na frente dele.

— Passe a noite comigo? — pediu ele com a voz suave. — Não precisamos fazer sexo. Só quero tê-la nos braços. Só quero sentir seu coração batendo perto do meu. Só quero acordar e ver você ainda ao meu lado.

— Não, me desculpe. — Balancei a cabeça e me levantei devagar. — Me desculpe, Xander, mas, como já falei, não sou esse tipo de garota. Obrigada por explicar por que você vai se casar com Gabby, mas isso não muda nada. Você ainda é o noivo dela, ela ainda é minha irmã, e eu ainda sou eu. E não quero ser a outra em nenhum sentido da palavra.

Ajeitei o vestido e olhei para ele, tentando memorizar a expressão magoada no rosto dele. Eu tinha bastante certeza de que nunca mais veria aquele lado dele novamente.

— Você é um cara ótimo, Xander, mas não é meu. Boa noite — falei, assentindo, e caminhei pelo gramado até a casa.

Não tropece, não tropece era tudo o que eu pensava enquanto me afastava correndo dele, com o coração acelerado e lágrimas descendo pelo rosto.

10

— Você acha que seus pais vão ficar putos? — perguntou Alice quando voltamos ao nosso apartamento na manhã seguinte.

— Nada. Provavelmente não vão nem notar que não estamos lá — menti.

— Fiquei feliz por você também ter querido ir embora mais cedo — admitiu Alice. — Estou com uma dor de cabeça horrível.

— Eu também. — Esfreguei a testa. — Eu não queria lidar com nenhum deles esta manhã.

— É, eu também não. — Ela bocejou. — Foi uma boa ideia me acordar às quatro da manhã para que saíssemos antes de alguém levantar, mas ainda estou cansada.

— Está dizendo que quer voltar para cama? — perguntei, rindo, e ela assentiu.

— Eu não sabia se você queria conversar sobre o que aconteceu noite passada — disse ela, desabando no sofá.

— Como assim?

— Eu sei que aconteceu algo entre você e Xander depois que voltamos.

— Como?

— Eu sei e pronto. — Ela envolveu as pernas com os braços. — Você vai me contar ou vou ter que encher você de cócegas até falar?

— Ah, Alice — resmunguei, me sentando ao lado dela. — É tão complicado.

— Ah, não, o que houve? — Ela me olhava com atenção. — Você não dormiu com ele de novo, dormiu?

— Não — respondi, balançando a cabeça. — Estávamos no quintal, Alice.

— Você fez um boquete nele?

— Não, Alice! — Revirei os olhos.

— Ele chupou você?

— Nada disso. — Dei uma risadinha. — Ele me contou que está juntando dinheiro para ajudar pessoas na África a ter acesso à água potável — suspirei. — Ele é um homem muito bom. Não é o canalha que achei que fosse.

— Ãhn? — Ela se sentou. — Me desculpe, mas o quê? Estou confusa. Por que isso é ruim? Não é bom? Você descobriu que o cara com quem você fez sexo casual na verdade é uma pessoa bastante decente.

— E isso deveria ser uma coisa boa, certo? — falei num lamento. — Mas não é bom. É por causa disso que ele vai se casar com Gabby. Supostamente, quando se casar com ela, vai ter acesso a mais dinheiro da empresa da família e vai poder ajudar mais gente ou algo assim.

— Então por que ele não pode se casar com você? — perguntou ela, impaciente. — Por que precisa ser Gabby? Estou certa de que o avô dele não disse algo do tipo: você tem que se casar com a maior cretina que encontrar.

— Ah, Alice. — Dei uma risadinha. — Acho que ele sente algum tipo de obrigação em relação a ela.

— Hum, entendi. — Alice franziu o cenho. — Então o problema é que ele é um cara legal demais?

— Acho que sim. — Eu me reclinei para trás e suspirei. — Mas não conheço ninguém que descreveria Xander como um cara legal. Sexy, sim. Gostoso pra caramba, sim. Bom de cama, sim. Mas legal? Não sei.

— É, acho que eu não diria que ele é legal — disse Alice. — Está mais para canalha.

— Pois é, ele disse que se divertiu no final de semana passado, que sentiu minha falta quando viu que eu tinha ido embora pela manhã, que não está acostumado a ter esse tipo de sentimento e que por isso pediu Gabby em casamento.

— O quê? — retrucou Alice, bocejando e fazendo uma careta ao mesmo tempo. — Qual é?! Essa é a coisa mais idiota que já ouvi na vida. Ele passou a noite com um mulherão, fez um sexo delicioso e só porque ela foi embora de manhã ele decidiu pedir outra garota em casamento? Ele usa drogas, por acaso?

— Quando você coloca nesses termos, parece um pouco idiota — admiti, suspirando. — Mas ele explicou melhor. Disse que foi porque não estava acostumado a ter sentimentos tão profundos.

— Que sentimentos profundos? — Alice me olhou como se eu fosse louca. — Olhe, não estou tentando ser uma cretina aqui, e me diga se eu tiver entendido errado, mas tudo o que vocês fizeram foi transar. Ele chupou você no casamento e depois vocês passaram a noite no quarto de hotel dele trepando como dois coelhos, certo?

— Sim — confirmei.

— Vocês tiveram alguma conversa profunda no fim da noite da qual não me contou? Vocês se deram conta de que são almas gêmeas?

— Conversamos um pouco, mas nada de mais — admiti, com o coração na boca.

— Não sei — suspirou ela. — Parece estranho. "Transamos e você foi embora e isso me deixou triste" me soa falso. Acho que a maioria dos caras acorda pulando de alegria se a garota tiver ido embora.

— É, verdade.

— E, quer dizer, ele ainda está com Gabby, né? Ele disse se terminaria com ela?

— Não — respondi secamente. — Ele disse que esperava que eu entendesse, mas que eles tinham uma relação comercial.

— Papo furado — disse ela, revirando os olhos. — Ele é cheio dos papinhos.

— É, pois é. — Fechei os olhos. — Foi por isso que eu quis ir embora hoje de manhã, antes de todos acordarem.

— Entendo — disse ela em tom suave, e me abraçou. — Sinto muito, Liv.

Ela passou as mãos pelas minhas costas e, antes que eu percebesse, estava chorando. As lágrimas jorravam de mim, e comecei a soluçar incontrolavelmente.

— Me desculpe — falei, entre um soluço e outro.

— Não diga isso — murmurou ela. — Está tudo bem.

— Eu me sinto tão tola. Não sei por que minhas expectativas eram tão altas. Não sei por que pensei que seria diferente — expressei meus pensamentos em voz alta. — Eu só esperava que, quando ele me visse de novo, fosse me querer, sabe? Queria ter aquele relacionamento mágico que todo mundo tem, menos eu.

— Também não tenho — disse Alice, então eu me afastei e vi lágrimas nos olhos dela.

— Ah, Alice, o que foi? — indaguei. — Me desculpe, me esqueci de perguntar o que aconteceu ontem à noite. Por que você estava tão ansiosa para ir embora também?

— Não quero falar sobre isso. — Ela mordeu o lábio e olhou para baixo. — Cometi um erro e estraguei tudo.

— Ah, Alice, o que aconteceu? — murmurei com o estômago revirando. O que ela tinha feito?

— Não importa. — Ela balançou a cabeça. — Não quero falar sobre isso agora. Conto mais tarde, tá?

— Claro — respondi, enxugando uma lágrima de sua bochecha. — Estou aqui para você sempre.

— Eu amo você — suspirou ela. — Você é a melhor amiga que eu poderia querer.

— Você sabe que sinto o mesmo por você — comentei, abrindo um sorriso grato. — Podemos ter perdido na loteria do amor, mas ganhamos na da amizade.

— Pois é, é uma pena não sermos lésbicas — disse ela, rindo por entre as lágrimas. — Assim poderíamos viver felizes para sempre.

— Está dando em cima de mim, Alice? — Pisquei para ela, que me deu um soco no ombro.

— Nunca se sabe. — Ela riu e enxugou as lágrimas. — Vamos encontrar caras legais um dia.

— É, mas não vamos procurar em boates — comentei, rindo, ao me lembrar da noite anterior. — Não acho que dê para conhecer caras legais numa boate.

— Pois é, haha. — Ela se espreguiçou. — Podemos esquecer os caras da boate.

— É isso aí. — Fiz o mesmo e me levantei. — Agora acho que é hora de voltar para cama.

— Também vou — disse ela, bocejando de novo e enxugando os olhos. — Vejo você daqui a umas horinhas.

— Até de tarde — Dei uma risadinha e fui para o quarto.

Desabei na cama e, antes que eu percebesse, caí no sono. Mais uma vez sonhei com minha noite com o sr. Língua.

O toque insistente da campainha me acordou. Praguejei para o travesseiro enquanto tapava os ouvidos.

— Pare de tocar — murmurei comigo mesma.

Ding-dong.

— Já vou — gritei, saltando da cama e correndo até a porta da frente.

Era nessas horas que eu invejava a capacidade de Alice de continuar dormindo em qualquer circunstância.

— Sim?

Mal-humorada, abri a porta, e meu coração pulou para a boca quando vi Xander do outro lado, com uma expressão péssima no rosto.

— Olá, Liv.

— Xander — cumprimentei, assentindo. — O que está fazendo aqui? Você me acordou, sabia?

— É domingo à tarde, Liv. — Ele passou por mim, entrando no apartamento. — Por que ainda estava na cama?

— Estou cansada — murmurei. — E pode entrar.

— Por que você foi embora tão cedo esta manhã?

Ele me encarava enquanto permanecíamos de pé no corredor.

— O quê? — perguntei, bocejando, e retribuí o olhar.

— Você e Alice foram embora antes de todos acordarem.

— Precisávamos voltar. Tínhamos trabalho a fazer.

— Quem é? — Alice escolheu aquele momento para sair do quarto, esfregando os olhos.

— Você também estava dormindo? — indagou Xander a Alice.

— Sim, por quê? — Ela foi até nós e bocejou novamente.

— E que trabalho vocês tinham que fazer, Liv? — perguntou Xander, levantando uma das sobrancelhas.

— Não tenho que contar — retruquei, desviando o olhar. Por que ele estava na minha casa? — Como você conseguiu meu endereço?

— Aiden me deu — murmurou ele.

— Estou surpresa por ele não ter vindo também — comentei, irritada.

— Não acho que ele quisesse vir — disse Xander, e olhei para Alice, que estava corada.

O que tinha acontecido entre Alice e Aiden? Observei-a por alguns segundos, mas ela evitou meu olhar.

— Vou fazer um café — anunciou ela, por fim. — Alguém quer?

— Aceito uma xícara — disse Xander. — Puro, por favor.

— Também quero, com leite e açúcar, você sabe como eu gosto — falei, e ela foi à cozinha. — Vamos nos sentar na sala, então? — sugeri a Xander. — Suponho que você não vai embora antes de tomar o café, certo?

— Você supôs certo — disse ele num tom rígido, e me seguiu até a sala.

— Então, o que você quer, Xander? — suspirei. — Acho que falamos tudo o que tínhamos a dizer ontem à noite.

— Você não se despediu.

— O quê? — Franzi o cenho. — Do que está falando?

— Você foi embora sem se despedir — disse ele, me olhando.

Eu me perguntei como eu estava. Tinha certeza de que gostosa e problemática me descreviam bem. Não me incomodei em tirar a maquiagem na noite anterior e eu podia sentir que meus cabelos não eram mais uma cacofonia de belos cachos, mas um arbusto cheio de frizz.

— Você está de sacanagem comigo? Por que eu precisava dizer tchau? — Balancei a cabeça e tentei não notar o quão rosados estavam os lábios dele.

— Por que você tem que ser tão imatura, Liv? — disse ele. — Pensei que tivéssemos feito as pazes ontem à noite. Pensei que você tivesse entendido quem sou eu. Pensei que éramos amigos.

— O que você quer de mim, Xander? — gritei num resmungo, incapaz de impedir que minha frustração se expressasse. Nós nos olhamos por um tempo e ele deu de ombros.

— Não sei — suspirou ele. — Nada, eu acho.

— Então vá embora. — Eu me reclinei para trás e desviei o olhar.

— Não quero ir embora — murmurou ele.

— Não vou transar com você — falei, me virando para o outro lado. — Se foi para isso que você veio.

— Não é por isso que estou aqui. — Ele pegou minha mão e me puxou. — Não sei o que dizer, Liv. Não sei o que você quer de mim. Mal conheço você. Na verdade, não sei nada de você. Não posso mudar minha vida por sua causa.

— Você já me disse isso — Suspirei, afastando minha mão dele.

— Sou o tipo de cara que tem relacionamentos baseados em sexo. Sou o cara que vai atrás do que quer e consegue. Sou o cara que vai embora de manhã.

— Que bom para você.

Eu me levantei num pulo quando Alice entrou na sala com o café.

— Já acabamos, Xander — sentenciei. Olhei para ele e cruzei os braços, escolhendo as palavras com cuidado. — É como você disse, você mal me conhece. Se me conhecesse, saberia que não sou o tipo de garota que só tem relacionamentos baseados em sexo. Não sou o tipo de garota que é só uma peguete qualquer. Não sou o tipo de garota que aceita ser pisoteada por um cara — falei, olhando-o naqueles olhos verdes impenetráveis. — Não sei o que você quer. E você não sabe o que quer. E isso não é suficiente, Xander. Não vou me satisfazer em ficar em segundo lugar, independentemente de quais forem seus problemas.

Então saí da sala e entrei no meu quarto. Tranquei a porta, liguei o laptop e botei uma música para tocar no volume mais alto, entrei no banheiro, abri a torneira da banheira, coloquei um pouco de sais de Epsom e esperei a água encher. Eu não ia pensar em Xander. Não ia deixá-lo me atingir. Eu não me importava com o que ele havia pensado depois que fui embora. Não estava nem aí se ele me achasse grosseira. Eu não importava. Não me importava. Não me importava. Repeti para mim mesma enquanto tirava a roupa e entrava na banheira. Repousei as costas, fechei os olhos e permiti que água me acalmasse. Ele era um canalha por brincar com meus sentimentos daquela forma. Por que não podia simplesmente me deixar em paz?

* * *

— Quer ver um filme, Alice?

Saí do quarto umas quatro horas depois, me sentindo renovada. Ouvi o som da televisão na sala de estar e me dirigi para lá, determinada a manter Xander longe dos pensamentos.

— O que você quer assistir? — perguntou Xander, sentado ao lado de Alice com um sorriso caloroso no rosto.

— Você? — Franzi o cenho. — O que você ainda está fazendo aqui?

— Essa é minha deixa para me levantar — disse Alice, sorrindo para mim. — Também vou tomar um banho.

— O que está acontecendo, Alice? — indaguei, olhando-a, magoada por ela ter se sentado e conversado com Xander depois de tudo o que ele tinha feito comigo.

— Converse com Xander — disse ela, com a mão no meu ombro, e saiu da sala. — Ele não é de todo mau.

— Tanto faz — suspirei, e voltei os olhos para ele. — Achei que eu tivesse dito para você ir embora.

— Na verdade, não creio que você disse isso. — Ele sorriu para mim e deu um tapinha no sofá ao seu lado. — Sente-se.

— O que você quer, Xander? — perguntei, e senti minha pressão subindo.

— Sei que seu aniversário é em setembro. Sei que você é virginiana. Sei que trabalha com marketing numa entidade sem fins lucrativos de pequeno porte. Sei que você queria ser melhor em ciências porque queria ser veterinária. Sei que adora cachorro, odeia gato, e que morre de medo de aranhas e cobras. Sei que você queria participar de reality shows como *Survivor* e *The Amazing Race*. Sei que acha Matthew McConaughey o ator mais bonito de Hollywood. Sei que adora cupcake e batata frita e odeia legumes, mas você se obriga a comê-los porque é o que sempre fez. Sei que ama sua família, mesmo quando eles tiram você do sério, e sei que, se você pudesse ter qualquer carro do mundo, seria um Range Rover esportivo preto.

— Não é um carro, é um SUV — corrigi, me sentindo atordoada.

— Sei que você é romântica, que acredita no amor verdadeiro e em contos de fadas.

— Alice contou isso? — perguntei, boquiaberta. Eu ia matar Alice.

— Não — respondeu ele, balançando a cabeça. — Alice me contou tudo até a parte do carro. Adivinhei sobre o romantismo sozinho.

— Ah — retruquei em tom rígido.

— Por que você perguntou a ela todas essas coisas?

— Você disse que eu não conhecia você, e tinha razão — explicou, me dando um sorriso desanimado. — Eu quis ter a oportunidade de conhecer você, e não achei que você fosse responder a qualquer uma das minhas perguntas.

— Entendo.

— Entende? — Ele se levantou e foi até mim. — Entende mesmo, Liv?

— Na verdade, não — falei, balançando a cabeça. Meu coração acelerou quando ele me pegou pela mão e me puxou. — Qual o sentido de perguntar tudo isso a ela?

— Não sei. — Ele deu de ombros. — Não entendo o que está acontecendo entre nós.

— Eu também não — admiti.

— Só queria que você parasse de brincar com meu coração — disse ele, sorrindo, e piscou para mim quando comecei a rir.

— Ela também te contou que minha música predileta é "Quit playing games with my heart"?

— Sim. — Ele riu. — Contou.

— Vou matar Alice — suspirei.

— Por favor, não faça isso. — Ele se inclinou e me beijou. — Pelo menos não agora.

— Tudo bem, então, não vou matá-la por enquanto.

Retribuí o beijo e soltei um gemido quando senti suas mãos entrando por baixo da minha camiseta e apertando meus seios nus.

— Sem sutiã? — perguntou, gemendo junto aos meus lábios, enquanto seus dedos beliscavam meus mamilos.

— Estou em casa, não preciso de sutiã.

— Preciso visitar você mais, então — grunhiu, e levantou minha camiseta depressa antes de baixar a cabeça e sugar meu mamilo direito.

— Xander, você não pode fazer isso — gemi enquanto ele sugava e beliscava o outro mamilo.

— Posso, sim. — Ele sorriu e passou para o outro seio.

— E se Alice aparecer? — gemi quando ele puxou meu mamilo com delicadeza, e eu passei as mãos pelos cabelos dele. — Xander!

— Vamos para seu quarto, então.

— Não sei — falei, hesitante.

— Por favor. — Ele lambeu os lábios e me beijou novamente.

— Mas ainda não resolvemos nada. — Eu não estava certa do que fazer.

— Precisamos resolver agora? — Ele beijou meu pescoço e suspirou no meu ouvido. — Minha língua quer mostrar quanta falta sentiu de você.

— Você sabe o que dizer para me fazer concordar, não é? — Dei uma risadinha, então o peguei pela mão e o puxei em direção ao meu quarto. — Vamos, antes que eu mude de ideia.

— Não iríamos querer isso, não é? — disse, abafando um riso.

Entramos no quarto e me assegurei de trancar a porta. Não queria que Alice aparecesse enquanto Xander estivesse lá embaixo. De jeito nenhum.

— Legal, o seu quarto — elogiou ele, olhando ao redor e sorrindo. — Não tem nenhum pôster do Backstreet Boys.

— Engraçadinho! — Eu me inclinei para beijá-lo novamente. — Se continuar assim, nós não vamos acabar na cama.

— Ah, é?

Ele riu, me pegou pela cintura e me levantou. Comecei a me contorcer, então ele me jogou na cama e me observou por alguns segundos.

— É melhor começar os trabalhos, então.

Ele piscou para mim e tirou minha camiseta. Contemplou meus seios por uns segundos e lambeu os lábios.

— Gosto de você sem sutiã — disse, e em seguida tirou meus shorts. — E sem calcinha também, que delícia! — grunhiu, abrindo minhas pernas antes de se ajoelhar.

Soltei um gemido quando senti seu rosto entre minhas pernas e percebi que ele percebeu o quanto eu estava molhada. Moveu a língua para frente e para trás no meu clitóris enquanto o sugava com delicadeza. Senti o corpo todo à beira do êxtase conforme a língua dele continuava a brincar comigo e a me penetrar.

— Ah, Xander — murmurei enquanto ele me comia com a língua. Eu tinha quase me esquecido o quanto era gostoso estar com ele.

— Vire-se — gemeu, me girando para ficar de barriga para baixo.

— Por quê? — gritei, sem querer que ele parasse, uma vez que eu já estava muito perto do clímax.

— Shh.

Ele se levantou. Eu virei a cabeça e vi quando ele tirou a camisa e as calças depressa. Respirei fundo à visão de seu pau se projetando à frente dele.

— O que você está... — comecei, mas ele deu um tapinha na minha bunda.

— Shh — repetiu com um sorriso e piscou para mim. — Abaixe a cabeça, feche os olhos e abra as pernas.

— O quê? — Franzi o cenho com o coração acelerando.

— Não faça perguntas, só faça o que eu disser.

Ele me deu outro tapinha, dessa vez mais forte, e seus dedos deslizaram entre minhas pernas e acariciaram meu clitóris.

— Ah — gritei, e abri as pernas.

— Boa menina — surrou ele, baixando a cabeça, e mordeu minha bunda de leve.

— O que está fazendo? — gemi, sentindo a língua dele descendo pelo meio da minha bunda.

— Sem perguntas.

Ele deu um tapa na parte de baixo da minha bunda e continuou a acariciar meu clitóris.

— Tudo bem — berrei, meu corpo inteiro em alerta máximo.

— Você está aprendendo — murmurou ele, com as mãos afastando minhas pernas.

Senti seu hálito na minha boceta, e meu corpo estremeceu enquanto ele lambia meu clitóris com a língua cálida, quase me fazendo cócegas. Fechei os olhos e gemi junto aos lençóis. Eu me senti diferente naquela posição, mas, no mínimo, me senti mais intensa e excitada. E então sua língua foi subindo, e congelei. Meus olhos se arregalaram quando sua língua lambeu meu cu mais uma vez. O que ele estava fazendo?

— Relaxe — pediu ele, gemendo, enquanto beijava minhas costas.

Senti seu pau roçando na minha perna, e soltei um gemido.

— O que você está fazendo? — perguntei em tom suave, e ele apertou minha bunda.

— Mostrando os milagres que minha língua pode fazer.

— Na minha bunda? — sussurrei quando senti sua língua lá de novo, se aproximando cada vez mais do meu ânus.

— Você acabou de tomar banho, não foi?

— Sim — respondi. — Por quê?

Ele não respondeu com palavras. Em vez disso, senti sua língua me lambendo num lugar em que ninguém nunca tinha estado. Em princípio, fiquei em silêncio, chocada. Não acreditei que ele estivesse lambendo meu cu e não acreditei que fosse tão gostoso. Fechei os olhos e agarrei os lençóis, sentindo quase vergonha do tamanho prazer que percorria meu corpo em cascatas. E então ele fez um movimento em que lambia meu clitóris por alguns segundos e depois voltava para meu cu. A sensação era irresistível. Eu me senti safada e adorei. Em seguida, o pau dele penetrou minha boceta numa firme estocada, e não resisti. Gozei imediatamente e gritei o nome de Xander enquanto ele se lançava dentro de mim, com estocadas cada vez mais profundas.

— Ah, Xander — gritei quando ele gemeu atrás de mim e me preencheu.

— Isso, Liv. Grite meu nome. — Ele saiu de mim e me virou. — Grite meu nome, Liv — pediu, sorrindo, e me penetrou de novo rapidamente.

Olhei-o nos olhos, e ele pegou minhas mãos e as segurou com força, depois começou a se mexer um pouco mais devagar.

— Ah, que merda, Xander, vou gozar de novo — gritei, uma vez que seu pau tocava meu ponto G a cada vez que se movia dentro de mim.

— Goze para mim, Liv — gemeu, então senti seu corpo tremendo quando ele acelerou o ritmo e explodiu dentro de mim.

Depois de alguns segundos, desabou ao meu lado na cama e me beijou na bochecha.

— Me prometa uma coisa, Liv — sussurrou na minha orelha.

— O quê? — perguntei em tom suave enquanto ele beijava meu rosto.

— Não saia da cama até que nós dois tenhamos acordado.

— Está bem. — respondi, e meu coração foi às nuvens quando ele me pegou nos braços. — Não vou sair da cama até nós dois acordarmos.

— Se bem que você pode se levantar se precisar ir ao banheiro. Não quero que você molhe a cama — disse ele com uma risada, e eu dei um tapa em seu braço, rindo com ele, depois fechei os olhos.

Eu não tinha certeza de como ele havia conseguido, mas eu me sentia um milhão de vezes melhor em relação à nossa situação. Eu tinha fé de que encontraríamos um jeito de fazer as coisas funcionarem. Ele gostava de mim; gostava de mim de verdade. O fato de que ficou e fez todas aquelas perguntas a Alice só podia significar que ele queria saber aonde nosso relacionamento poderia ir. Estava pronto para nos dar uma chance. Tinha que estar pronto.

11

— Bom dia.

A voz de Xander era calorosa quando abri os olhos.

— Bom dia. — Pisquei e olhei o relógio na parede. — Uau, nós dormimos a tarde e a noite toda?

— Acho que você estava cansada.

— Você não dormiu?

— Só à noite.

— Ah, não, o que você ficou fazendo?

— Observando você — disse ele, e riu. — Eu não achava que isso soaria tão bizarro.

— Soou mesmo um pouco bizarro, né? — comentei com uma risadinha, e meu coração pairou nos ares quando ele me olhou e se inclinou para me beijar.

— Não sou um esquisitão. — Ele me beijou com mais vontade e passou os dedos pelos meus cabelos. — Prometo.

— Hum, vou acreditar na sua palavra — falei, rindo. — Você beijou meu cu ontem. — Corei ao me lembrar.

— Acho que fiz mais que beijar.

Ele piscou para mim enquanto seus dedos desciam pela minha barriga até pousar entre minhas pernas e me acariciar com delicadeza.

— Xander — gemi, afastando sua mão. — Agora não.

— Está bem. — Ele riu e passou a brincar com meus seios. — Dormiu bem?

— Sim, e você?

— Muito bem. — Ele assentiu. — Descobri o segredo.

— Que segredo?

— O segredo para ter certeza de que você não irá embora de manhã cedo.

— Qual é?

— Transar no seu apartamento — respondeu ele, sorrindo, e eu ri.

— Você é um idiota. — Passei os dedos pelo peitoral dele e brinquei com os mamilos.

— Um idiota muito sexy.

— Acho que sim.

Eu me inclinei e beijei seu peitoral de leve, e ele acariciou minhas costas.

— E o que faremos agora? — perguntei em tom suave, e ele congelou. Olhei-o um pouco séria e analisei seu rosto. — Está tudo bem?

— Sim, claro. — Ele assentiu.

— Então, o que faremos agora? — repeti.

— Vou fazer o que você quiser que eu faça, Liv — respondeu, beijando o topo da minha testa, e pousou as costas na cama.

— O que eu quiser?

Meu coração bateu mais forte. Não era o que eu esperava ouvir.

— Sim, se você não quiser que eu siga em frente com o noivado, eu termino.

— O que você quer fazer? — perguntei, inclinando a cabeça para o lado, tentando desvendar seu rosto.

Ele não queria terminar o noivado? Senti o corpo ficando cada vez mais cálido. Eu deveria ter ficado feliz por ele estar disposto a fazer o que eu queria, mas eu não estava. Não queria que ele fizesse o que eu queria. Preferia que fizesse o que ele mesmo queria. Queria que fosse ele a decidir cancelar o noivado. Queria que fosse ele a tomar essa decisão porque não havia alternativa em sua mente.

— Não me importo — Ele deu de ombros com o rosto indiferente. — O que fizer você feliz.

— Por que você gosta de mim, Xander? — perguntei suavemente. — Quer dizer, fora a parte em que deixei você sozinho no hotel. Por que você gosta de mim?

— Fiquei intrigado assim que vi você na igreja — contou, acariciando meus cabelos. — Eu achei você linda e sexy pra caramba. E atrevida também. E aí você me chamou de sr. Língua, e achei que qualquer uma que tivesse a autoconfiança de ficar com alguém num casamento e depois me dar um apelido tinha que ser uma garota que eu ia querer conhecer melhor.

— Entendo — falei, e suspirei. Eu não sabia o que esperava que ele dissesse.

— E ainda estou intrigado. Mais ainda do que antes. — Ele me beijou. — Então me diga, Liv. O que você quer que eu faça?

— Você contou que se encontrou com Luke, Gabby e Henry aquele dia — comentei, decidida a perguntar as coisas que me intrigavam. — Como você conheceu Luke?

— O avô dele e o meu cresceram juntos — contou ele sem rodeios. — Eu o conheço desde que éramos pequenos.

— Então por que nunca ouvimos falar de você nem o conhecemos quando ele namorava Alice?

— Não sei. — Ele deu de ombros.

— Como Luke conheceu Gabby? — indaguei. — E por que vocês se importam com o que acontecer com o bebê dela?

— É complicado — Ele fez uma careta. — Não acho que seja importante.

— Eu só queria entender.

— Olhe, preciso ir me encontrar com Henry. — Ele se levantou e me puxou junto. Depois me beijou com vontade repetidas vezes e se afastou. — Henry e eu precisamos ver Luke para discutirmos uma questão esta manhã.

— Ah, está bem — respondi de cenho franzido, e ele me beijou na bochecha.

— Não fique com raiva, tá? — Ele me olhou nos olhos. — Essa coisa toda vai dar certo. Você só precisa me dizer o que quer.

— Quero que você faça o que quiser — falei suavemente. — Quero que você tome a decisão.

— Tudo bem. — Ele assentiu e saiu da cama. — Preciso ir. Posso ver você mais tarde, esta noite?

— Claro, me ligue — respondi, tentando não tomar uma atitude.

— Até mais tarde, Liv.

Ele vestiu a roupa e saiu do quarto. Fiquei deitada e fechei os olhos. Talvez um dia nos acertaríamos.

— Então, você acha que Luke pode ser o pai do bebê? — perguntou Alice, boquiaberta, enquanto comíamos palitos de muçarela numa lanchonete.

— Sim, é a única coisa que faz algum sentido. — Assenti. — Toda vez que menciono o nome de Luke, ele fica estranho. — Eu me reclinei na cadeira. — Uma loucura, né?

— Não acredito. — Ela balançou a cabeça. — Eu sabia que ele era um cachorro, mas caramba!

— Pois é, mas sabemos que ele é meio obscuro, considerando que traiu você com Joanna.

— Eu me pergunto se ele também ficou com Gabby enquanto estava comigo... — disse ela, estremecendo. — Ele é tão nojento.

— Nem me fale. — Tomei um gole de refrigerante. — Ela é tão vagabunda. E agora vai se casar com meu homem — acrescentei, fazendo uma careta.

— Por que mesmo Xander vai se casar com ela? — perguntou Alice com uma cara daquelas. — O filho não é dele.

— Acho que ele e Luke são muito amigos. E ele também se favorece.

— Eles não podem ser tão amigos assim — disse Alice. — Eu nunca nem tinha ouvido o nome dele antes.

— Pois é, pensei a mesma coisa — comentei com um suspiro. — Tantas coisas não fazem sentido.

— Ah, meu Deus! — exclamou Alice, se inclinando para frente. — Não olhe, mas Gabby acabou de entrar aqui.

— Ah, não — resmunguei.

— E ela está com Henry.

— Henry? — perguntei com a voz mais alta, e não resisti a olhar para a entrada.

Fiquei boquiaberta ao ver Gabby e Henry se sentando em uma cabine, o braço dele nas costas dela, acariciando-a com ternura.

— Que porra é essa? — Eu me virei para Alice. — Estamos num episódio de *Além da imaginação*?

— Talvez? — replicou ela, balançando a cabeça, e notei que minha amiga também estava atordoada. — Estou seriamente confusa.

— Idem. — E de repente a ficha caiu. — E se Henry for o pai?

— O quê? — Ela franziu o cenho.

— E se Henry for o papai do bebê? — Assenti, pois a ideia começava a fazer sentido. — Talvez Xander vá se casar com ela porque Henry não quer, mas eles se tocaram de que Xander poderia por causa da herança e tal, e assim eles podem garantir que o bebê será bem cuidado.

— Acho que poderia fazer sentido — concordou ela. — Bem que eu me perguntei o que Henry estava fazendo lá no final de semana passado.

— Foi estranho, né? E ele ficava falando de bebês — ressaltei. — Porra, eu deveria virar detetive — comentei, animada. — Henry é o maldito pai.

— Mas e Luke? — indagou Alice.

— Vai saber? — Dei de ombros, e nós duas olhamos para Gabby e Henry, que sorriam e flertavam do outro lado da lanchonete. — Só um segundo, tem alguém me ligando. — Peguei o telefone na bolsa. — Alô?

— Ei, você. — A voz de Xander era suave e sexy.

— Ei, você — respondi, sorrindo junto ao telefone. — É Xander — disse a Alice sem emitir som, e ela abriu um sorriso.

— O que você está fazendo?

— Alice e eu estamos comendo.

— Vai demorar? — perguntou ele com a voz suave. — Quero ver você.

— Bem, estou com Alice...

Minha voz desvaneceu enquanto eu olhava para minha amiga.

— Tudo bem — fez ela com a boca, em silêncio, para mim. — Vou para casa fazer as unhas.

— Tem certeza? — perguntei com o cenho franzido.

— Positivo. — Ela assentiu. — Vá e descubra os podres com Xander.

— Está bem — falei, sorrindo. — Ainda está aí, Xander?

— Sim.

— Então, estou no centro da cidade. Daqui a uma hora me encontre na livraria da avenida Steamer.

— Tudo bem. Vejo você lá daqui a pouco — disse ele, e desligou.

— Vamos nos encontrar mais tarde.

— Que bom — comentou Alice, sorrindo. — Mal posso esperar para saber o que vai acontecer.

— Já falei. — Retribuí o sorriso.

— Beleza, Sherlock. — Ela riu e pisquei para ela, animada em ver Xander e descobrir que decisão ele tomou.

— Senti sua falta hoje. — Xander me beijou e me girou.

— Eu também — falei, animada em vê-lo. — Mas, antes de tudo, queria perguntar uma coisa.

— Tá...? — Ele me olhou com uma expressão curiosa.

— Henry é o pai do bebê de Gabby? — desembuchei, e Xander ficou chocado.

— Como descobriu?

— Eu sabia! — exclamei, dando um soco no ar. — Scotland Yard, aí vou eu.

— Vai se mudar para a Inglaterra? — provocou ele.

— Não! — Revirei os olhos e ri. — Mas sério, ele é o pai?

— Não temos certeza. Mas achamos que é — suspirei ele. — Não fale para ninguém, mas ou é Henry, ou é Luke.

— O quê? — retruquei, boquiaberta. — Eles fizeram um ménage?

— Liv! — Ele riu e balançou a cabeça. — Não, não fizeram.

— Então como? — perguntei de uma vez.

— Ela dormiu com os dois — explicou ele. — Mas, com base nas datas, tenho quase certeza de que Henry é o pai.

— Nossa! — exclamei, mastigando o lábio inferior. — Que loucura!

— Acho que Gabby não contou tudo isso para você.

— Não — admiti, rindo. — Não sabia que ela era tão vadia assim.

— Liv — censurou-me.

— O quê? Só estou dizendo. — Dei uma risadinha e entramos na livraria.

— Bem, agora você entende por que essa história toda é tão complicada. — disse ele, e paramos na seção de autoajuda.

— Não, por quê? — Franzi o cenho.

— Henry dormiu com ela, mas não quer um relacionamento. Ele não quer se amarrar a ela, mas quer conviver com o filho. Por isso pensamos na solução perfeita. Eu me caso com alguém e assumo o controle dos negócios e Henry pode ter um relacionamento com o filho.

— Sei. — Minha respiração foi se normalizando conforme ele falava.

— Então o casamento resolve dois problemas.

— O que você está dizendo, Xander? Você não quer terminar o noivado?

— Nós só ficaríamos casados por um ano. É o tempo que preciso até ganhar o controle da empresa.

— Então você quer se casar com minha irmã e dormir comigo por fora?

— Você não estaria por fora — exclamou ele, com raiva. — Não há nada entre mim e Gabby, você sabe. É só uma transação comercial.

— Não acredito. — Balancei a cabeça e suspirei. — Não acredito em você.

— O quê?

— Nada. Já deu para mim — falei, dando um passo atrás.

— O quê? Olhe, se você quer que eu termine tudo, vou fazer isso. Só estou dizendo que...

— Esqueça, Xander. Não quero que você faça nada que não queira fazer. Quero que você termine o noivado com Gabby porque não pode passar mais um segundo vivendo uma farsa. Não quero que você faça isso porque eu mandei.

— Não fique brava, Liv.

Ele esticou a mão para pegar meu braço, mas o afastei.

— É claro que estou brava — gritei. — Vá para casa, para Gabby, brincar de família feliz e me deixe fora disso.

Saí correndo da loja e desliguei o celular. Era pedir demais que ele quisesse tomar a decisão certa por conta própria? Era demais esperar isso? Eu estava sendo insensata por não querer dividir a cama dele enquanto estivesse casado com minha irmã? Fala sério! Ele achou mesmo que fosse uma solução aceitável? Quem, em sã consciência, acharia que isso é um bom plano?

12

Alice e eu suspiramos no caminho até a porta da casa dos meus pais.

— Obrigada por ter vindo — agradeci, oferecendo-lhe um sorriso desanimado. — Não precisava.

— Não tem problema. Eu queria estar ao seu lado hoje. — Ela respirou fundo. — Além disso, quem liga para o que Aiden ou Xander têm a dizer? Estamos aqui porque seus pais chamaram você. Não por causa deles ou por causa da idiota da Gabby.

— Vamos nessa.

Abri a porta e entramos. Todo mundo estava lá, incluindo Henry e Xander. Fiquei ali com um sorriso falso no rosto. Eu não ia demonstrar que me importava com o fato de que ele não tinha ligado nas duas últimas semanas. Não me importava com o fato de que não tive notícias dele desde nosso encontro na livraria. Ele podia fazer o que quisesse. Não significava nada para mim. Se ele podia me esquecer tão rapidamente, eu poderia fazer o mesmo.

— Olá a todos.

— E aí, mana?

Scott se levantou num salto, me abraçou, depois se virou para Alice e beijou-a na bochecha. Percebi que Aiden olhava para eles e me perguntei o que exatamente tinha acontecido entre ele e Alice, já que ela ainda não havia me contado.

— Então, o que é tão importante a ponto de exigir nossa presença este final de semana? — perguntei, em seguida olhei para Gabby e ela me deu um sorriso maldoso.

— Estou em casa — disse ela, sorrindo. — É isso que é tão importante.

— O quê? — retruquei, boquiaberta. — Tive que vir para cá só porque você está aqui?

— Sim — disse ela. — A vida não é o máximo? Mas, se alguém quiser me fazer companhia mais tarde, vou sair com algumas amigas.

— Beleza. — Revirei os olhos.

— Vamos comemorar meu casamento.

— Beleza.

Olhei para Xander, e ele abriu um pequeno sorriso, então me virei e olhei para Scott.

— E quais são seus planos para o final de semana?

— O que você quiser fazer. — Ele sorriu, e retribuí o gesto, grata.

Ding-dong.

— Quem é? — perguntou Aiden, se levantando. — Alguém está esperando visitas?

— Eu não — respondi, balançando a cabeça, e notei que Alice estava corando. — Alice? — perguntei com a voz suave.

— Hum, sim — guinchou ela.

— Quem?

— Não me mate — fez ela com a boca, em silêncio, e cocei a cabeça. Do que estava falando?

— Liv — chamou Aiden com a voz firme e zangada quando voltou à sala de estar.

— Sim? — retruquei, e franzi o cenho quando vi os dois caras enormes atrás dele. — O quê?

— Esses caras vieram ver você e Alice. — Ele olhou para ela com uma expressão fria. — Eles disseram que estão aqui para passar o final de semana com vocês.

— O quê? — indaguei, confusa.

— Brock e Jock, aí estão vocês — disse Alice, correndo até um dos brutamontes, e beijou-o na bochecha. — Estamos tão felizes que puderam vir, não estamos, Liv? — Ela me olhou de um jeito significativo.

— Aham, claro — respondi, assentindo devagar. Caminhei até Alice com cara de quem não está entendendo nada, e ela se virou para o resto do pessoal. — Brock e Jock são nossos namorados e queríamos que todos vocês os conhecessem.

— Pois é, haha! — Eu ri e fingi um sorriso aberto. — Que bom que você veio, Brock. — Beijei o outro cara na bochecha e ele ficou me olhando como um robô.

— Sou Jock — disse ele em tom rígido.

— Eu sei, só estava provocando você, querido. — Enlacei meu braço ao dele e olhei para Xander, que estava me encarando.

— Brock e Jock? — perguntou Gabby com uma risada. — Adorei os nomes.

— Somos irmãos — contou Jock, e desejei mandá-lo calar a boca. De onde Alice tinha tirado esses caras?

— E adoramos sair em casal juntos, não é? — comentou Alice, com um sorriso amplo. — E dormir na casa uns do outros — acrescentou com uma risadinha, e percebi que Aiden a olhava com ainda mais raiva enquanto se afastava de nós.

— Que bom para vocês — disse Gabby, esvoaçando o cabelo. — Estou feliz porque as duas perdedoras encontraram caras que aguentam vocês.

— Cale a boca, Gabby — gritei, e ela me olhou com uma das sobrancelhas levantadas.

— Senão o quê? — replicou ela com a voz doce.

— Aff — resmunguei. — Nada.

— Foi o que pensei. — Ela riu, então se inclinou e deu um beijo na bochecha de Xander. — Vou dar uma saída. Até mais, está bem, amor?

— Até mais, Gabby — disse ele, sem desgrudar os olhos de mim. — Liv, podemos conversar?

— Não — respondi, balançando a cabeça. — Vamos sair com Jock e Brock. Voltamos mais tarde.

— Mas vocês acabaram de chegar — lembrou Scott, de cenho franzido.

— É, mas agora vamos sair — retruquei, pegando a mão de Jock. — Vamos, rapazes.

Nós quatro saímos correndo da casa e eu me virei para Alice.

— No que você estava pensando?

— Eu estava pensando que teríamos dois gostosões aqui para nos fazer sentir melhor e deixar aqueles dois idiotas com ciúmes.

— E o melhor que conseguiu foram Brock e Jock? — perguntei em voz baixa. — Eles parecem dois brutamontes.

— São strippers — contou ela com uma risadinha. — Foram o melhor que consegui.

— Ah, Alice — resmunguei. — O que devemos fazer?

— Vamos dizer que eles podem ir para casa e depois vamos ao shopping tomar um drinque?

— Me parece uma boa ideia — concordei, assentindo.

Demos quarenta dólares aos dois irmãos, depois entramos no meu carro e fomos até o shopping.

— Adoro fazer terapia de compras — comentei, animada, quando entramos no bar de vinhos com as mãos cheias de sacolas.

— Eu também. — Ela assentiu. — Mas meu cartão de crédito não concorda.

— Nem o meu — admiti, rindo. — Mas isso é uma preocupação para quando chegar a fatura, no mês que vem.

— Falou e disse — brincou ela quando pedimos uma garrafa de Chardonnay. — Até a fatura chegar está tudo certo.

— Exatamente.

— Ah, meu Deus — resmungou ela, e eu franzi o cenho.

— O quê?

— Você não vai acreditar em quem está aqui — suspirou.

— Quem? — perguntei, empalidecendo. — Por favor, não diga que são Gabby e Xander?

— Bem, você acertou em parte. Gabby está aqui com um grupo de amigas.

— Ah, que ótimo — comentei com uma careta, e Alice franziu o cenho.

— Ué, que estranho. Acho que ela está bebendo vinho. — Seus olhos se estreitaram, e ela ofegou. — Ela definitivamente está bebendo vinho.

— Que porra é essa? — Eu me virei. — Ela não pode beber! Está grávida.

— O que ela está fazendo? — disse Alice, com uma cara feia. — Ela é uma vadia muito egoísta.

— Vou lá brigar com ela.

Eu me levantei, furiosa com Gabby. Que porra ela estava aprontando?

— O que você acha que está fazendo? — gritei quando me aproximei de Gabby, que dava risadinhas.

— Ah, oi, Liv — disse ela. — Estou mostrando minha aliança para Shannon.

— E eu me importo com isso? — berrei, então peguei sua taça e cheirei. — Isso é vinho. Por que você está bebendo?

— O quê? — retrucou ela.

— Você não pode beber, Gabby.

— O quê? — repetiu, pegando a taça de mim e tomando um gole de vinho na minha frente. — Quem disse?

— E o bebê? — murmurei. — Como você pode fazer isso com o bebê?

— Não estou grávida — contou ela, rindo, e se recostou na cadeira.

— O quê? — Fiquei boquiaberta. — Mas e Xander e Henry e o bebê e o noivado? Como assim você não está grávida?

— Ah, Liv — disse ela, balançando a cabeça. — Você não entende, não é? — Bebeu mais um gole.

— Entendo o quê?

— Luke e eu tivemos um relacionamento. Bem, nós transamos — disse ela, sorrindo. — Não conte a Alice, mas começou quando eles namoravam.

— Ah, meu Deus! — exclamei de olhos arregalados. — O quê?

— É, ele é muito bom de cama. Como eu ia recusar?

— Ah, Gabby — censurei-a, balançando a cabeça.

— Bem, e aí ele conheceu aquela vagabunda da Joanna — contou, com raiva. — E, em vez de ficar comigo, ele deu um fora em Alice e começou a namorar Joanna.

— Sinto muito.

— Não sinta — disse, dando de ombros. — Continuamos transando. E eu esperei que ele caísse na real.

— Mas e Henry? — perguntei.

— Ah, ele era amigo de Luke. Eu o conheci em uma noite e tentei fazer ciúme em Luke — contou. — Ele era legal. Eu não ligava para ele.

— Por que você mentiu sobre o bebê?

— Eu queria que Luke cancelasse o casamento — explicou, o rosto assumindo uma expressão triste. — Pensei que ele terminaria tudo para se casar comigo se achasse que eu estava grávida dele.

— Ah.

— Mas o idiota do Henry contou a ele que nós transamos e de alguma forma eles acabaram pensando que fosse de Henry. E, bem, quando fui ver, Xander estava me oferecendo dinheiro para me casar com ele contanto que ele e Henry pudesse conviver com o bebê.

— E você permitiu que eles acreditassem que estava grávida.

— Ele me deu este diamante enorme e me prometeu um monte de dinheiro. — Ela deu de ombros. — Como eu ia dizer não?

— Mas não tem bebê nenhum, Gabby. Você não pode sair mentindo e achar que está tudo bem.

— Por que você se importa? — Ela bebeu mais vinho.

— Não acredito que você fez isso. Pensei que estivesse grávida. Todo mundo acha que você está grávida de Henry.

— Não sou estúpida, Liv. Tomo pílula — contou ela, atirando os cabelos ao ar. — Você acha mesmo que eu faria sexo sem proteção e correria o risco de engravidar e estragar minha forma física perfeita agora?

— Você é uma vadia egoísta.

— Obrigada. — Ela sorriu e bebeu mais um gole. — E um brinde a você também.

— Que seja — retruquei, e minha cabeça latejava quando me juntei a Alice novamente.

— O que rolou? — perguntou minha amiga, e me sentei ao seu lado. — O que ela disse?

— Que não está grávida — contei, atordoada. — Ela não está grávida, Alice.

— Mentira! — Ela me olhou surpresa. — Então ela inventou tudo?

— Sim, ela mentiu para todos nós — confirmei, esfregando a testa, e fechei os olhos por um instante.

— Você está bem, Liv? — indagou Alice, pegando minhas mãos.

Eu abri os olhos devagar e assenti.

— É, estou bem.

— Não parece.

— É que fiquei pensando em uma coisa que ela falou.

— O quê?

— Não estou tomando pílula.

— E daí? — Alice deu de ombros. — Isso importa?

— Transei com Xander.

— E daí? Ele usou camisinha, né?

— Não das últimas vezes — admiti, balançando a cabeça, então enterrei o rosto nas mãos e gemi. — Como pude ser tão idiota, Alice? Ele gozou dentro várias vezes — choraminguei, e olhei para ela. — Gabby não está grávida, mas e se eu estiver?

— O que você quer fazer?

— Vamos para casa.

— Dos seus pais?

— Não, para nosso apartamento.

— Não quer contar a Xander o que você descobriu?

— Não — respondi, e me levantei. — Ele tomou a decisão. Que lide com a confusão que a *transação comercial* dele aprontou. É problema dele.

— Ah, Liv — suspirou Alice. — Me prometa uma coisa.

— O quê?

— Faça um teste de gravidez.

— Vou comprar um esta semana — falei, assentindo.

Nós deixamos algum dinheiro na mesa, depois saímos do restaurante ao som das risadas de Gabby e suas amigas. Eu não sabia o que pensar ou sentir. Parte de mim queria estar grávida, e outra parte morria de medo. Eu queria tanto contar a verdade para Xander, mas não queria ser eu quem contaria. Não queria ser a garota que o perseguia e o forçava a ficar comigo. Não dava para começar um relacionamento assim. De jeito nenhum.

13

Havia um pacote grande e marrom na minha cama quando voltei para casa do trabalho, e o contemplei com curiosidade. Quem será que mandou? Não era meu aniversário e fazia tempos que eu não comprava nada pela internet. Fui até o pacote animada para ver o que era. Sorri para mim mesma entusiasmada. Era a primeira vez em quase duas semanas que me senti animada com alguma coisa. Alice e eu não voltamos para a casa dos meus pais depois do bar, e ninguém ligou para saber o que tinha acontecido.

Fiquei triste por minha família nem se incomodar a descobrir por que fomos embora, mas fiquei ainda mais magoada por Xander não ter ligado nem me visitado. Tive a expectativa de que ele apareceria naquela noite, mas não veio. Eu não sabia nem se ele tinha consciência de que não havia nenhum bebê. Eu estava certa de que Gabby não contaria. Ela não tinha senso de moral nem consciência. Não se importaria. Eu me sentei na cama e abri o pacote depressa, rasgando o embrulho. Abri a caixa e observei o conteúdo com o cenho franzido. Havia uma língua ali. Peguei-a e vi um bilhete. Era de Xander, e dizia: "Por favor, me ligue. Quero falar com você." Joguei o bilhete e a língua na cama e saí correndo do quarto. Ele achava aquilo engraçado? Fui à cozinha beber água, tentando acalmar meu coração, que batia depressa.

— Ei, não ouvi você entrar — disse Alice com um sorrisinho ao entrar na cozinha.

— É, acabei de chegar — falei, e tomei outro gole d'água. — Eu vi o pacote. Obrigada por colocar no meu quarto.

— De boa. — Ela assentiu. — Alguma coisa legal?

— Não — respondi, balançando a cabeça, e franzi o cenho quando meu telefone tocou. — É Aiden. — Revirei os olhos para ela e atendi ao telefone. — Alô.

— Liv, aqui é Aiden — disse ele em tom rígido.

— Eu sei. O que você quer?

— Você vai para a casa dos nossos pais no final de semana?

— Não.

— Acho que você devia ir — declarou com a voz mais leve. — Gabby precisa do seu apoio.

— Por quê? — retruquei.

— Xander terminou o noivado.

— É mesmo? — falei, surpresa, embora não quisesse admitir. Também não queria admitir o quanto fiquei feliz. — Por quê?

— Acho que não era um noivado de verdade — suspirou ele. — Acho que ela estava aprontando algum de seus velhos truques ou algo do tipo.

— Ah, é?

— É, ela não está grávida, mas mentiu e disse que estava esperando um bebê e que precisava de ajuda.

— Ah, é? Nossa. — Fingi estar chocada.

— Pois é, parece que ele pediu para terminar o noivado naquele primeiro final de semana — continuou Aiden. — Ele achou que tinha cometido um erro ou algo assim, mas ela falou para ele que mamãe e papai a desonrariam se ela não se casasse. E que ela se mudaria para a França com o bebê ou algo do tipo.

— Minha nossa! — exclamei, balançando a cabeça. — Que loucura.

— Pois é. Mas, então, todos nós vamos nos reunir este final de semana para consolá-la.

— Não vou, desculpe.

— Você devia ir, Liv. Você e Alice.

— Alice e eu não vamos — falei em voz alta, e vi Alice me olhando. Sabia que ela estava se perguntando do que estávamos falando.

— Por favor, Liv.

— Se você quiser ver Alice, é só pegar o telefone e chamá-la para sair ou algo do tipo.

— Liv — resmungou ele. — Não quero namorar Alice.

— Aham. Então por que você quer encontrar com ela este final de semana?

— Liv, é complicado.

— Aiden, cresça. Eu sei que você gosta de Alice. Chame-a para sair — gritei ao telefone, e vi Alice balançando a cabeça para mim.

— Liv, eu vi Alice e Scott se beijarem — murmurou Aiden. — Não há nada entre mim e Alice. Ela já escolheu.

— Você o quê? — retruquei, boquiaberta. — Você viu o quê?

— Aquela noite em que fomos à boate. Eu fiquei acordando esperando Alice para me desculpar. E, quando entrei no seu quarto para falar com ela, eu a vi com Scott e eles estavam se beijando.

— Ah — guinchei, e percebi pela expressão no rosto de Alice que era verdade. — Eu não sabia.

— É, pois é, as coisas são assim.

— Sinto muito, Aiden — murmurei.

— Não tem problema — suspirou ele. — Vamos sair para almoçar qualquer dia.

— O quê? Você e eu?

— É, você e eu — confirmou, rindo. — Acho que já temos idade para sermos amigos, não acha?

— Sim, eu gostaria disso — falei com um sorriso. — Gostaria muito.

— Ah, e, Liv?

— Sim, Aiden?

— Pegue leve com Xander — murmurou ele. — Ele é um cara legal.

— Do que está falando? — perguntei, com o coração acelerado e o rosto corado.

— Eu sei de tudo. — Ele riu. — Vejo você em breve — disse, e desligou.

Coloquei o telefone no bolso e olhei para Alice em silêncio, sem saber o que dizer.

— Você beijou Scott? — falei, por fim, e ela suspirou.

— Não, sim, mais ou menos. — Ela começou a chorar. — Ele me acompanhou até o quarto aquela noite e, na porta, ele se inclinou para me dar um beijo. E eu pensei, que mal faria um beijinho? Você sempre me falou para investir nele. Então me ofereci e ele me beijou, mas, assim que nossos lábios se tocaram, percebi que não gostava dele dessa forma, mas era tarde demais. Enquanto nos beijávamos, vi Aiden no corredor nos fuzilando com o olhar e fiquei sem saber o que fazer — contou ela, aos soluços. — Ah, Liv, o que vou fazer?

— Ah, Alice — resmunguei. — Nós realmente estragamos tudo.

— Eu não sabia o que fazer — choramingou ela. — Eu gosto muito de Aiden e agora ele me odeia.

— Ele não odeia você — suspirei. — Vou pensar num plano. Vamos dar um jeito.

— Obrigada, Liv. — Ela esfregou os olhos. — Vou me deitar agora.

— Está bem. — Assenti e a observei sair da cozinha. Fiquei ali por alguns segundos, então peguei o telefone e fiz uma ligação.

— Alô.

A voz dele era preguiçosa e sexy, e senti o coração saltar só de ouvi-la.

— Aqui é Liv.

— Eu sei. — Ele riu. — Imagino que recebeu meu presente.

— Sim — falei, balançando a cabeça, a caminho do quarto. — Recebi.

— O que achou?

— Pervertido. Quem manda de presente uma língua de plástico?

— Eu — murmurou ele. — Já usou?

— Usar? Do que está falando?

— Ah, você ainda não sabe o que é?

— Não, o quê?

— Tire da caixa e a examine com cuidado.

— Está bem.

Peguei a língua na caixa. Olhei-a com atenção e notei um pequeno botão que não tinha visto antes. Liguei-o e a língua começou a vibrar, movendo-se para frente e para trás.

— Ah, meu Deus, é um vibrador?

— Sim — confirmou ele.

— Xander! — gritei. — Como pôde?

— Como pude o quê? — retrucou, rindo. — Pensei que, se você não ia ter minha língua milagrosa, poderia ficar com algo quase tão bom quanto.

— Nossa, que atencioso da sua parte. — Eu ri e deitei de costas na cama.

— Só quero agradar — disse com uma risadinha. — Que bom que você ligou, Liv.

— Fiquei sabendo sobre você e Gabby — murmurei.

— É, o noivado acabou.

— Sinto muito por tudo. Sinto muito por ela ter mentido sobre estar grávida.

— Terminei tudo antes de saber que ela estava mentindo, Liv — contou. — No final de semana em que você apareceu com Brock e Jock.

— O quê? Isso foi há duas semanas — falei, magoada por ele não ter me ligado.

— Eu estava com raiva de você, Liv. Queria conversar com você naquele dia, mas você saiu com Alice e não voltou mais.

— Eu estava muito magoada e com ciúmes.

— Entendo por que você estava chateada comigo. Agi como um idiota — suspirou ele. — Eu não deveria ter esperado que você lidasse numa boa com o fato de que eu e Gabby íamos nos casar; mesmo que fosse um casamento falso.

— Era uma loucura, mas eu poderia ter sido mais compreensiva.

— Nós dois fomos um pouco loucos — admitiu ele. — Mas talvez mais que todo mundo. Não sei nem o que eu estava pensando. Tudo o que posso dizer é que aquele primeiro final de semana com você me deixou com algum tipo de dano cerebral.

— Ah, Xander. — Dei uma risadinha.

— Então, você vai experimentar a língua? — perguntou em tom suave.

— O quê? — perguntei, um pouquinho excitada.

— Quero que você faça um teste com a língua e me diga se você prefere uma língua de verdade ou não.

— Xander. — Corei. — Não vou fazer isso.

— Ou talvez eu possa ajudar a tomar a decisão por você.

— Tomar a decisão por mim?

— Posso ver se você grita mais alto com seu presente ou com minha língua milagrosa.

— Hum... deixe-me pensar.

— Decida-se rápido. — Ele riu, e em seguida ouvi a campainha tocar. — Estou aqui.

— Você está aqui? Na minha casa?

— Sim. Agora venha abrir a porta para mim.

— Espere aí. — Corri até a porta da frente, e lá estava ele. — Xander, você está aqui.

— Sim, sou eu, em carne e osso.

— Não sei o que dizer — falei, corando, então ele me agarrou e me beijou.

— Diga que quer que eu entre e visite seu quarto.

Ele piscou para mim enquanto desligava o telefone.

— Entre — murmurei, e corremos para o quarto.

Xander fechou e trancou a porta e me puxou para outro beijo.

— Senti falta do seu gosto — murmurou ele. — Senti falta de você.

— Você não ligou — falei enquanto retribuía o beijo.

— Eu quis dar tempo para você sentir saudades também. — Ele riu. — Agora vamos ver aquela língua.

— Quer que eu a use agora?

— Aham. — Ele riu, massageando meus seios. — Quero muito que você a use agora.

— Hum... Vou pensar a respeito.

Levantei sua camisa e toquei sua barriga, deixando os dedos deslizarem por dentro da calça para sentir sua masculinidade.

— Ah, Liv — gemeu ele, e pegou minha mão. — Não comece o que não puder terminar.

— Ah, eu posso terminar.

Sorri para ele e lambi os lábios.

— Quero que você vá a um casamento comigo este final de semana — disse junto à minha cabeça, enquanto suas mãos levantavam minha camisa.

— Não vou só para você transar na igreja de novo — retruquei com uma risadinha, e levantei os braços para ele tirar minha blusa.

Em seguida, abriu o sutiã e sugou meus seios com vigor.

— Ah, Xander — gemi, enquanto suas mãos desciam e desabotoavam minha calça.

— Não é por isso que eu quero que você vá comigo — murmurou ele, tirando minha calça.

— Ah, é? — falei, observando-o despir a camisa.

— Quero que você vá como minha namorada. — Ele ergueu os olhos para mim enquanto baixava a própria calça. — Vai ser nosso primeiro encontro oficial.

— Hum... É mesmo?

Ofeguei quando ele me agarrou e me levou até a cama.

— Com certeza.

Ele beijou meu pescoço, e seus dedos deslizaram entre minhas pernas e me acariciaram com delicadeza.

— Ah, Xander — gemi enquanto ele beijava meu estômago e então parou bem no meu umbigo.

— Sim, querida?

Ele sorriu para mim.

— Senti saudades — murmurei, passando as mãos pelos cabelos dele.

— Também senti saudades.

Ele voltou a beijar minha barriga e me olhou nos olhos.

— Quase permiti que o medo arruinasse a melhor coisa que já aconteceu comigo.

— Ah, é? — murmurei, retribuindo o olhar. — Qual foi a melhor coisa que aconteceu com você? Ficar com alguém num casamento? Fazer sexo casual comigo?

— O que fizemos não foi sexo casual.

Ele beijou meus lábios de leve.

— Foi muito mais. E não estou dizendo só por dizer. Não estou convidando você para o casamento para transar num quartinho dos fundos. Estou convidando porque quero ter você ao meu lado numa ocasião especial. Quero mostrar aos meus amigos e à minha família que tenho uma namorada e sinto orgulho em apresentá-la a todos os que conheço e amo.

— Ah, Xander.

Beijei-o avidamente, com o coração derretendo.

— E, Liv, quero fazer um voto para você.

— E qual é? — perguntei, com o coração batendo forte.

— Prometo que o próximo casamento em que transarmos vai ser o nosso — disse ele com a voz profunda, carregada de emoção, enquanto me observava com amor nos olhos.

— Ah, Xander.

Olhei fundo nos olhos dele, sem ousar acreditar no que tinha ouvido.

— Eu amo você, Liv.

Ele me beijou nos lábios, no nariz e nas bochechas.

— Amo você desde que a vi. Você é a razão do meu viver. Você é tudo para mim. Nunca esperei me sentir assim. Nunca tive vontade de acordar ao lado de alguém antes. Fiquei apreensivo no início, mas agora sei quanta sorte tenho. Eu amo você, Liv, com todo o meu coração. Sei que você é a única com quem quero passar o resto da minha vida. Sei que você é a mulher para mim. Então saiba que faço esse voto de todo o coração. Eu nos vejo nos casando, Liv. Ninguém poderia amar você mais do que eu porque amo você com tudo o que significa amar. Nós não nos conhecemos tão bem ainda, mas temos o resto da vida para nos conhecermos melhor.

Ele me beijou mais uma vez, com suavidade, e acariciou meu rosto.

— Você me aceita como seu sr. Língua para sempre, Liv?

— Ah, sim, Xander — Assenti. — Eu também amo você.

— Que bom — disse ele, convencido. — E agora é a hora de conduzir o teste — anunciou, sorrindo. — Quero que feche os olhos para não ver se estou usando a língua ou o brinquedo, e então quero que me diga qual é melhor.

— Ah, Xander — falei com uma risadinha, e estava prestes a dizer mais alguma coisa, mas me calei quando o vi agitando a língua para mim.

Quer dizer, quem era eu para dizer não à competição? Eu precisava me concentrar e me preparar para os orgasmos que viriam. É um trabalho duro, mas alguém tem que fazê-lo.

Epílogo

Três meses depois

Sei que você está se perguntando se estou grávida. Não está? Bem, estou feliz em dizer que Xander e eu não estamos grávidos. Quero ter filhos. Um monte deles, mas não agora. Não até nos casarmos. Não até nos conhecermos um pouquinho melhor, porque, sejamos sinceras, ainda não nos conhecemos tão bem.

A outra coisa que você deve saber é que tanto Xander quanto eu mentimos. Disse a ele que o vibrador não chegou perto da mágica que ele faz com a língua, mas, bem, para ser sincera, chegou bem perto. Eu não esperava. Talvez fosse tão gostoso porque sempre que usava o vibrador ficava de olhos fechados e fingia que era a língua de Xander. Acho que ele percebeu que menti porque um dia a língua desapareceu e, quando perguntei onde eu poderia comprar outra, ele disse não saber. Até parece.

E Xander mentiu quando disse que o próximo casamento em que transaríamos seria o nosso. Isso não aconteceu. Nós fomos a duas cerimônias desde aquela conversa e transamos em uma delas. Foi um sexo barulhento, chocante, de quebrar portas. E, sim, eu disse "de quebrar portas" por um motivo. A porta em que estávamos nos apoiando enquanto ele metia acabou quebrando. Mas tivemos sorte. Somente a noiva nos viu em toda a nossa glória. E ela só revirou os olhos e foi embora. Comportamento típico de Gabby. Sim, eu disse Gabby. Sim, ela se casou três meses depois de romper o noivado com Xander. Não fique surpresa. Eu não fiquei. Ela encontrou algum zé-mané num site de namoro e deu o golpe da gravidez falsa. Acho que ela imaginou que, se funcionou uma vez, poderia dar certo de novo.

Só que dessa vez ela contou a verdade antes que ele descobrisse. E teve sorte, pois ele não se importou. Ao que parece, ele queria engravidá-la de qualquer forma.

Supreendentemente, minha família também levou numa boa meu envolvimento com Xander. No fim das contas, tanto Aiden quanto Scott sentiram que havia alguma coisa entre nós. Chett não se importava, e Gabby, bem, Gabby me falou alguns desaforos, mas superou bem rápido. Meus pais foram os que ficaram mais surpresos, mas, depois de ter que lidar com meus irmãos a vida inteira, o fato de eu namorar o ex-noivo da minha irmã não foi nem de longe a coisa mais chocante que eles tiveram que enfrentar. Lembre-se de que Gabby é minha irmã e você nem imagina o quanto ela gosta de aprontar. Acho que depois que uma de suas filhas teve um caso com o pastor, você pode encarar qualquer coisa.

Você vai gostar de saber que Xander e eu estamos cada vez mais firmes. É difícil imaginar que um relacionamento com um começo tão auspicioso teria alguma chance de dar certo, mas deu, sim. Nós estamos muito apaixonados e somos tão felizes que quase não me aguento. Se bem que brigamos muito sobre várias coisas. Ele é tão irritante e pomposo e inapropriado que eu ainda tenho vontade de estapeá-lo de vez em quando. Mas o lado bom das brigas é que, quando fazemos as pazes, o sexo é incrível. E, quando digo incrível, quero dizer que ele me prova noite após noite por que é meu sr. Língua. Para Alice, também o chamo de sr. Pau Milagroso, mas decidimos que é melhor não contar a ele. Não quero deixá-lo ainda mais arrogante. Ele já se acha demais.

Vamos morar juntos daqui a algumas semanas. Estou tão animada que às vezes mal acredito. Pensei que era cedo demais para já morarmos juntos, mas ele diz que não quer passar mais uma noite ou manhã sequer sem mim. Revirei os olhos quando ele disse isso, mas por dentro eu estava radiante. Quer dizer, esse é o tipo de papo romântico que eu procurava. Mas não admiti. Aprendi a deixar Xander perceber as coisas por si mesmo. É um teste de paciência, mas é melhor para a relação. Tenho muita sorte e sei disso. Também sei que ambos somos um pouco imaturos e não sabemos muito bem lidar com os problemas de um relacionamento, então deixo as coisas como estão. Ainda temos uma vida inteira para acertá-las.

E já estamos fazendo planos juntos; coisas que queremos fazer e tudo o mais. Planejamos fazer uma viagem para Paris, um curso de sexo (shh) e uma festa especial para quando começarmos a morar juntos. Se bem que a festa é para Alice e Aiden; esperamos que fiquem juntos. Bem, *eu* espero; Xander não se importa muito. Você sabe como são os homens! Contanto que esteja fazendo sexo com regularidade, está feliz em aceitar quase tudo que digo. E estou bem assim. De verdade. Quem imaginaria que minha única noite casual seria o começo do resto da minha vida?

Agradecimentos

Agradeço a todos os meus leitores por lerem e divulgarem meus livros em 2014. Eu escrevo por causa de vocês. E não consigo pensar em um trabalho melhor.

Agradeço à minha editora, Emma Mack, por encontrar tempo para editar meus livros, mesmo quando me atraso. Obrigada a Louisa Maggio pela bela capa original. Adorei.

Agradeço a Tanya Kay Skaggs, Katrina Jaekley, Stacy Hahn, Cilicia White, Tianna Croy, Chanteal Justice, Kathy Shreve, Barbara Goodwin, Lisa Miller, Kelly Sloane pela ajuda ao lerem este livro e por me darem um feedback de cada capítulo conforme eu escrevia a história de Xander e Liv.

E, por último, mas não menos importante, agradeço a Deus por todas as minhas bênçãos.

Publisher
Kaíke Nanne

Editora de aquisição
Renata Sturm

Editora executiva
Carolina Chagas

Coordenação de produção
Thalita Aragão Ramalho

Produção editorial
Jaciara Lima

Copidesque
Vinicius Damasceno

Revisão
Marcela Isensee
Thamiris Leiroza

Diagramação
Abreu's System

Capa
Marília Bueno

Este livro foi impresso no Rio de Janeiro, em 2016,
pela Edigráfica, para a HarperCollins Brasil.
A fonte usada no miolo é Minion Pro, corpo 12/15,1.
O papel do miolo é Chambril Avena 80g/m², e o da capa é cartão 250g/m².